謝名元慶福戯曲集

島口説

謝名元慶福　戯曲集　島口説　目次

装丁　岸本一夫
校正　前里　茜

島口説

舞台は暗い。

スクリーンに、沖縄の観光地が映り、カメラのシャッターを切る音で、次々と変わってゆき、最後は、沖縄市（コザ）の繁華街の夜景。

音は、観光地のざわめきや、観光バスガイドの声が流れる。

それを呑み込むようにＢ52の無気味なエンジン調整の音。

しばらくして、舞台、客席に照明がはいり、劇場の中が、民謡酒場になっている。

今風の女の子、琉装の女の子、二、三人が客を案内している。沖縄《うちなー》なまりで、「いらっしゃいませ」とか、「めんそーれ」、「泡盛でいいですか」、「シークワーサージュースにしますか」と、声をかけながら。

誰もいないステージにスタンドマイクがおかれ、ラジオから、沖縄方言による民謡のディスクジョッキー（北島角子）が流れている。

ラジオの音がプツンと切れる。

三味線をかかえた山城スミ子が、琉装であらわれる。

（笑顔をつくって）はいたい、山城スミ子でーびる。山城スミ子です。スミ子ーんち憶《うび》とおうてくみそーれ。

（アドリブ―あれ！『今日は知らない顔の人がいっぱいいますね。あなたは観光ですか。あなたは沖縄人《うちなーんちゅ》―など）今日《ちゅう》や、くぬ沖縄民謡酒場んかい、めんそーちくみそうち、いっぺえにへぇーでーびる。
ちゃーやいびーたが沖縄《うちなー》や、どうでしたか沖縄は、エキゾチックな沖縄、情熱の島、ハイビスカスの島、青い空、青い海、人情豊かな島、守礼《しゅれい》の邦《くに》沖縄……土産話うふぉーく、沢山できましたねえ……雨ばっかりで空も海も青くない、肌も焼けない……ぬーう？　守礼門は、カラー写真と違う、きたなくて小さいさあ……だまされた気がする……うりん沖縄《うちなー》やいびーさ。
やぐと、沖縄んかい観光しいがめんせえねえ、此《く》ぬ、沖縄民謡酒場んじ、山城スミ子ーぬ、歌と話しぐゎ聞《ち》かんでえ、本当《ふんとう》ぬ沖縄のくとやわからん、大和んかいぬ土産話《みやぎばなし》んねえらんでぃやっとーいびーん。

（客席をみまわして、笑いがないので）観光客のみなさん、ここで、ここで笑うんですよ。手パチパチぐゎして、（パラパラと拍手があって）

そう、そう、そうですよ。

あっさみようなあ、大和《やまと》相手は疲れるさ。

（気を持ちなおして）何と言ったか教えましょうね。沖縄の観光に来たら、この民謡酒場で、山城スミ子、私ですね——スミ子ーの、歌と話を聞かないと、沖縄の本当のことはわからない。本土へのお土産話もないと言われています、と言ったんですよ。わかりますね、わたしの大和口《やまとぐち》。

沖縄にもＮＨＫありますよ。わたしも毎日見ています。わたしの大和口、共通語は、ＮＨＫです、ＮＨＫ標準語ですよ。

復帰して七年になりますからね。琉球処分から数えると、百年なりますから。考えると、私の共通語も歴史があるわけですねえ、歴史が……民謡歌手が歴史、歴史でぃねえ、うかさんやーたい、おかしいでしょう。

あんせえだあ、てぃち、歌てぃんだな。

艦砲《かんぽう》の《ぬ》喰《く》ぇーぬくさー（注1）

作詩・作曲　比嘉恒敏

若さる時《とうち》ね　戦争《いくさ》ぬ世《ゆー》
若さる花ん　咲ちゆーさん
家《やー》ん元祖《がんす》ん　親兄弟《うやちょで》ん
艦砲射撃《かんぽうしゃげき》ぬ　的《まとう》になて
着《ち》るむん　喰《く》ェむん　むるねーらん
スーティーチャーかでぃ暮《く》らちゃんや
※　うんじゅん　わんにん
いやーん　わんにん
艦砲ぬ　喰ェヌクサー
平和なてから　幾年《いくとうし》か

子《くゎ》ぬちゃん　まぎさなてぃうしが
射《い》やんらったる　やましぬ
我《わ》が子《く》うむゆるぐとぅに
うすみじ又《また》とう　んでぃ思《うみ》れー
夜《ゆる》ぬゆながた　みぃくふゆさ
※　はやし

わんにん、艦砲ぬ喰えぬくしゃやいびん。私も、艦砲射撃の食い残したもの、沖縄戦の生き残りなんですよ。そう言ったら、すぐ年がバレるさねえ。

（客席に入って、男の客をつかまえ、泡盛をついで）

若い琉球美人が歌っているという宣伝で、肝《ちむ》ドキドキぐわして来たんでしょう。（みんなに向かって歩きながら）……ハーメーで、ババァで、スミマセン。

旅行会社や観光ホテルは、沖縄《うちなー》の女《いなぐ》やむる全部、美ら女《ちゅらかーぎぃ》と、ピーアールしますからねえ。

（立ち止まって）

美ら女《ちゅらかーぎぃ》というのはね、清らな女、美人のことです。私まで美人にされるのは嬉しいけどさあ、ことばの意味が、ばっぱいづかいされて、みなさんが、本土へ帰って、私のような女をつかまえて、君は美ら女だと言って歩いたら日本の財産をちゅらーさ、きれいに食いつぶすことになりますからねえ……だあだあ、また、むちかしいくとぅ、いちゃるむん。

（泡盛をついでやって）

独身ですか？　私のこと……

ウーン……どうしても聞きたいですか。それなら答えましょうね。なまあ、独身やいびぃん。正真正銘の独身者です。もらい手がなかったのか？　その顔ではといいたいんでしょう。

あらんあらん、夫《うとぅ》やうやびたん。

主人は、いましたよ。ちゃんとした夫が。やさしいぐゎでねえ、私にいつもどなられていました、それでも、いつも笑っていましたよ。やさしくて、あんな人はいません

：

十七八節《じゅうしちはちぶし》（注2）
十七八頃《ぐる》や　夕闇暮《ゆまんぐい》ど待《ま》ちゅるよー
夜《ゆ》ん暮《く》りてたぼり
我自由《わじゆ》さびら
ハラドンドンセー
約束里前《やくすくさとぅめ》や　来《くー》んどあがやー

里《さとぅ》が差《さ》す刀《かたな》　サヤ二《ふた》ちあゆみよー
夫二人《うとふたい》むちゅる　くとやねさみ
ハラドンドンセー
里《さとぅ》が心《くくる》ん　変んなよーや
今日《きゆ》や別《わか》やい　また明日《あちゃ》遊《あし》ばな
西《いり》と東《あがり》に　別りて行かやー

あの人と会ったのは、私が十七の時です。

あの時私は、豚小屋にいました。

芋のかずらをクヮタクヮタ煮た餌を、正月用の肉にする島豚にやっていたんです。島豚というのは、猪のようにまっ黒な豚のことです。

長いことを家をあけていたお父が、ぶらりと帰って来たんです。

「スミ子ー、いやぁ、夫《うとう》どう、いやあ夫」

お父のそばに、色の黒い、がっちりした青年が、泡盛の一升ビンかかえて立っているさあ。

「スミ子ー、「ディカチャンドー、イイ二才《にーせえ》ド」

お父は、私の肩をたたいて、外に出て行ったさあ、初めて会った私と、そのにいさんを残してよう。

あっさみよう、おどろいたさあ。

あの人と私は、そのまま、何にも言わないで太陽が落ちるまで豚小屋の前でちゃあ立ちよ、ちゃあ立ち。

信じられないでしょうね。

妹と弟が、学校から帰って来て、

「他島《たしま》の男が来て、スミ子姉さんが危いよう」

して、おっ母を、畑《はる》から呼んで来たわけ。そしたらおっ母は、鎌をふりあげてさあ、

「とうひゃあ、なま出《んじ》てぃいかんでぇ唯合点《ただがってぃん》のうさんどう」

今、出て行かないと、ただは合点はしない。

あの人は、頭をかいてからさあ、一升ビンをおっ母にうりうりして。

「スミ子ー、此《く》ぬ二才《にーせー》や、まーぬ誰《た》やが……」

「わあ、夫」

あのにいさんは、ニッコリ笑ってうなづいてる。

おっ母はびっくりしてさあ、持っていた鎌を足のここのところに落として、血がゴーゴーしたわけ。

大騒ぎして、あの人が、おっ母をおんぶして、私があのにいさんの手をひいて、医介補の診療所へ行った。

帰りもおっ母は、にいさんにおんぶされて、

「スミ子ー、いいムーク（婿）やさ、あんし名前はぬーんでいが」

私もう、困ったさあ、だあ、そう言われても名前も何にも聞いてないさあねえ。

その時初めて、

「朝栄《ちょうえい》です」

ほんとうにやさしい人だなあ、
そう思ったら、こっちが肝《ちむ》ドンドンぐゎしてきて、ああ、この人と結婚するんだと思うと、恥ずかしくなってさあ、ひとり先に走って帰ったよ。

それからが大変。家にお父がいて、

「ええ、スミ子ー、あした旅に行くから、今日、ニービチ（根引）する、ちょうどこのあと満潮だから」

おっ母は怒ったけどさあ、その日の夜にニービチしましたよ。

戦敗けてしばらくの時期だから、他に食べる物は何にもないさねえ、夜から配給所のおじさん起こして、お米を掛けで買ってきて銀飯を炊いた。

それに、そーみんちゃんぷるー、芋てんぷらーもあって、朝栄にいさんが持って来た泡盛で、マギニービチ。マギニービチといったら大きな結婚祝いのことよ。

あの時私は、どんなのを着ていたと思いますか。

メリケン袋がありますね、あれを、糸をほどいて、バラバラにして、表は英語が書いてあるから、それをひっくり返して作ったワンピースなわけ。襟ぐゎには、茶色の靴ひもをほどいて、その糸で、きれいな花模様の刺しゅうをして、もちろん、自分で作ったものよ。

我《わっ》たあ島は、艦砲射撃を受けたから、お家は全部戦後できたものさねえ、だから台風が来るたんびに風に飛ばされて、拾ってきて造っては飛ばされ、造っては飛ばされ、だんだん小さくなるわけさあ。

お客さんは、家の中に入れないから、庭にカマスとか草をしいてそこでお祝いをしたわけさあ。電燈もないから石油ランプぐゎをつけてさあ、あとは星のあかがい（明り）だけだった。

お父が歌をうたったよ。

沖縄では必ずうたわれるお祝いの歌。

かぎやで風《かじゃでぃふう》（注3）

今日《きゆぬ》の誇《ふく》らしやや
何《なう》にぎ《じ》やな譬《た》てる
蕾《ちぶ》でお《う》る花の《ぬ》
露《ちゆ》きや《ちゃ》たご《ぐ》と

踊るスミ子。

（踊り終って、父親がスミ子の手をとって）

「えースミ子ー、親孝行せえさ…ヤッチーのたましまでぃん、幸せになりようやあ」

……

ヤッチーといったらお兄さんのこと、艦砲に喰われて死んだ私のお兄さんのこと。

お父は、朝栄にいさんに酒をつぎながら、

「朝栄君、スミ子ーを頼みましたよう、頼みましたよう。」

「ハイッ、ハイッ」

明き方まで、お祝いしたさあ。

……

裏座ぐゎで、二人っきりになってからさあ、朝栄にいさんは、

「スミちゃん」

「…」

「きれいだねえ」

「そうねえ」

「きれいだよう」

「そうを」


「スミちゃん、スミちゃん」

じゃまする者がいるわけさあ、しかたがないから出て行くと、友達のトシちゃんが風呂敷包み持ってさあ、

「友達にも言えないねえ、黙っていたねえ、だましたね」

ああ、今日はトシちゃんと本島に仕事探しに行く約束だったわけよ。しかたがないさあねえ、急に結婚《にいびち》したんだのに。

だあアメリカーがこわいさあねえ、ひとりでは何されるかわからないから、ひとりで

は本島に行けないと言うわけさあ、トシちゃんの家も、うちと同じヒンスーだから、貧乏だから働かないといけない、あの時の銭《じん》もうきやーは女だったからねえ。東《あがり》のマサ子ー、西《いり》のトミちゃん、同じ歳だけどさあ。本島にもうけにいっているから、マサ子ーやトミちゃんの家は、ラジオや蓄音機もっているわけさあ。アメリカーの兵隊ぐゎからもらってくるわけよう。アメリカ缶詰も、アメリカ煙草も、メリケン粉もよ、ラードもパンもコーヒーもあるわけさあ、それもこれもみんな、マサ子ーやトミちゃんが運んで来るわけ。

島の人たちが、これくらいの（小指）芋を食べている時によう。だから、みんなマサ子ーやトミちゃんの家をうらやましいと思っていた。男の子ばっかりの家は、女の子がいたらいいと思うわけさあ。

家では、お父が、私が島を出るのを反対していたわけ。

マサ子ーやトミちゃんみたいに、髪を赤く染めて、口紅をぬって、ハイヒールをはいて歩くのは、汚ないと言ってね。

お父も食堂の下働きだったら許してくれるだろうと思って、トシちゃんと二人で、探しに出かけることにしていたわけ。

結局、トシちゃんは一人で島を出て行ったけどさあ。

私は、朝栄にいさんと一緒に、にいさんから貰った下駄ぐゎはいて、にいさんの島へ行った。

船で渡久地《とぐち》へ出て、そこからトラックバスに乗って、歩いて、またトラックバスに乗って屋慶名《やけな》に着いたわけ。まる一日かかったよ。

（遠くに見える島を指して）

「うわあ、あれがにいさんの島ねえ」

（嬉しそうにうなづく朝栄）

「海の上を歩いて渡れるんだねえ」

「…」

「にいさん、これ持っていて」

（下駄をぬぎ、荷物をあずけて、着物のすそをめくりあげながら）

「これぐらいでいい？　もっと？　膝ぐらい、もっと深いところもあるの、もっと…」

（夫がニコニコ笑って見ているので）

「イヤ、あそこ向いて、にいさん…」

（海に入る）

「わあ、いい気持…にいさん、行こう…」

（朝栄の手をとって海を渡りはじめる。

快い風が吹き、髪が揺れ、水面がキラキラと輝いている。

しあわせそうに海の空気を胸いっぱい吸う）

「わあ、おいしいわ、海の空気」

（朝栄の歩調にあわせることが、むづかしい。）

「もっとゆっくり歩いて、にいさん」

（朝栄にもたれるように歩く）

「私も、にいさんと同じあの島の人になるんだね。」

「アガーッー」

（かがみ込み、泣き出しそうなスミ子）

「笑ってないで早くとって、痛いさあ」

（足を前に出す）

「アッ！」

（と、刺ったものがとれる。）

「えっ？　おんぶ、恥ずかしいさあ、いくら海の中でも…だいじょうぶねえ、にいさん、スミ子重いよ。」

（背負われて、しあわせそうなスミ子）

「わあ、海の底がきれい！　まっ白な砂、波のかたちがずっと残っている。あれッ、魚よ魚よ、こんなに浅いのに蟹もいるさあ…にいさん、あそこ、ほら、砂の上でエビがはねてる…。あれっ、暗くなったさあ、水が冷たい。（空を見上げて）ああ、雲の影なんだねえ…不思議だねえ、雲が行ったら、すぐ暑くなるさあ…にいさんにいさん、ほら島の東に山原船が浮かんでいる。ひとつ、ふたつ、みっつ、よっつ…」

「美ら島やらやあスミ子ー」

「うん」

「走るよースミ子ー」

（うなづくスミ子。ジャブジャブ水をはねながら走っている。）

「キャッーお尻が濡れるよー、にいさん…わあ…」

（水の中を走っている。息はずませて、立ち止まって、背中をふるわせている朝栄）

「スミ子ー、わんねえ、戦争で一人になったが、これで二人になったなあ、家族ができた。にへえどう。」

（にいさんの顔をのぞきこみ、涙を手でふいてやりながら）

「そうね、家族だね…。スミ子ー、早く丈夫な赤ちゃんを産むさあねえ、にいさん。」


にいさんの家で、二人は初めて結ばれた。

にいさんには、私ははじめての女だったさあ、もちろん、私は、にいさんがはじめての男だったよう。

朝栄にいさんは、船大工でね。戦争で山原船《やんばるせん》も、渡し船も全滅したから忙しいわけ。

サバニから捕鯨船までつくっていたさあ。

島の東に桟橋があって、そのそばに広場があってね、そこが、にいさんの仕事場だった。

お昼になると、私は芋を油で炒めたものとか、そーみんちゃんぷるーなんか持っていきよったさあ。

そしたら「他島嫁《たしまゆみ》ぐゎ出来《でぃき》とうさあ」他の島から来た嫁は、できていると、みんなに言われたよ。

にいさんの島は、漁業も盛んでね、捕鯨船で、ゴンドウクジラとか、ナガスクジラとかをとりに行って、島まで鯨を引っ張ってくる。鯨が着くと、島中の人が、オノとか包丁とか鎌をもって、東の桟橋に集まるのよ。

満潮の時でも、潮はこれくらいの（首の）高さだからね。鯨の黒い体が半分は海から出ているさあ。

みんなが、かけ声をかけあって、ヨイショヨイショと、綱ひきみたいにして鯨を桟橋の近くまで、ひきよせるわけ。干潮になったら、みんなで解体作業さあ。

そういう時は、にいさんたちも船づくりを休んで、ノコギリで鯨の解体さあ。男の人たちが大きく切った肉を、私たち女は運べるように小さく切って、ザルに入れて、桟橋に運ぶわけ。

桟橋では、本島に売りに行く肉と、島で食べる肉を分ける人、大きな鍋で肉を煮ている人もいる。

着ているものは、血と油でベトベトしていて、とってもくさいさあ。

鯨を一頭とったら島中の人は、一週間くらい鯨の肉ばっかり食べることになるのよ。

汚い話だけど、鯨の白い肉、油のついているところを食べるでしょう。そうしたらね、お尻の穴から油が漏れるわけ。

私だけでなくて、みんなよう、学校の美人先生も校長先生も、巡査も婦人会長もさあ、みんなお尻の穴から油が漏らしているわけ。

運命共同体さあねえ。

にいさんのパンツも、私のズロースもメリケン袋の上等でないので作ったものでしょう。厚《あち》ぶっくゎでね、洗うのが大変だったよ。

思い出してもおかしくなるさあ。

ナイロンのパンツ？　はっさ、そんなもん有るねえ。

二年たって、男の子が生まれたさあ。にいさんそっくり。色が黒くて、眉が太くて、
朝栄にいさんの朝をとって、朝一。
「スミ子ーディカちゃんどう。後継ぎができた。戦争で死ななくて良かった。」
生まれた翌日からは、もう朝一の下駄をつくってきたり、サバニとか山原船の模型を
つくってきて、わたすわけ。寄合いでも、どこでも朝一を連れて行くのよね。
（明るく歌う）

やんばーら（注4）
やんばーらーがいっちゃんど
あかしぬタムノ　けんそーらに
ぢしてぢし　ぢしてぢし

その朝一が……（つまる）
あれは、朝一が誕生祝いの時だった。お祝いのあと熱を出して……運が悪かったんだ

ねえ、台風が島に、だんだんだんだん近づいてくるわけ。ビュウルナイ、ビュウルナイと、風がすごいし、雨も激しいさあ。

アメリカ毛布に朝一をくるんで、にいさんと二人で、医介輔、戦争中の衛生兵さあね、その診療所へ連れていったわけ。

「風邪だと思うが、本島の医者にいそいで診てもらったほうがいい」

しかし、風はだんだん強くなってくる。雨戸はガタガタ鳴る、お家はグラーグラーして動く。

朝一は、高い熱にうなされて、にいさんは、船頭の家へ渡し船を出してくれと頼みに行ったけれど、気ちがいと言われて帰ってきたさあ。

もう暴風雨で、一寸先も見えない。

折れた木や、はがれた瓦や雨戸、トタンまで飛んでくる。

（激しい風の音が続いている）

「朝一チバリヨー、朝一、お父が代われるものならかわってやりたい。」

一晩中タオルで頭を冷やしたさあ。

（風が少し弱まっている）

朝になって、雨戸の隙間から海を見ていたにいさんが、

「スミ子ー、干潮だ帯を持って来い。」

ぐったりとなった朝一を、私の寝巻きでつつんで、にいさんにおんぶさせ、その上に毛布をかぶせて、帯をまわしてさあ、私もあるものをいっぱい着て西の浜に出たわけ。

にいさんと私は、ロープを腰に巻いてつないで、肩を抱き合ってさあ。

「朝一、チバリヨー、本島んかいや医者がいるから、辛抱しいよう。」

「たり、御先祖様《うやぐわんす》、我《わ》ったぁ朝一を助けてください。助けてくみそーり、ウートウト、ウートウト」

（祈りながら海を渡りはじめる。しばらく行くと、止んでいた風雨が激しくなってくる。向い風で一歩すすむと二歩戻される。それでも力をふりしぼって前へ進む。風と雨の音がして、空が暗くなり、一寸先も見えなくなる。やがて、強い風が吹いて、スミ子、飛ばされる。）

「にいさん、にいさーん」

「スミ子ー、スミ子ー」

（ロープを引っ張る。やっと、抱き合う二人）

「にいさん、よかった。さあ急ごう」

「いくぞ、スミ子、しっかり掴まっているんだぞう。」

「はい、朝一は大丈夫でしょうねえ」

（朝一をみるスミ子、気が狂ったように）

「朝一、朝一、朝一」

（明るくなって、遠くに沖縄本島が見える。）

石を頭に乗せ運んで来て置く。それを何度も何度もくりかえす。

（立ち止まって汗をふく）

島中の人が海に出る。サンゴ礁の岩を切り、掘りおこす。島の浜からあの島にむけて石を積み上げる。石の道はのびて行く。

あの島につながれば、向こうから幸せがやってくる。

海で息子を死なせなくてもよい。

島人の夢をのせてのびる海中道路。

あの島につながる日もある、きっと…

「島が本島につながっていたら、朝一は、わあ産し子《なしぐゎ》や死なんてぃんしむたしが、助かったかも知れないけど…」

（石を運び、積み上げるスミ子。

暗くなり、雲が速く流れ、嵐の音に包まれる。その中で、押し流されながら石を運ぶスミ子。）

「それでもまた、島の人は石の道路をつくりはじめる。流されても流されても海の中に道路をつくる。……

（調子をかえて）そのうち、本島のほうで、アメリカーの基地の建設が本格的になってさあ。船大工は、全員大場組に雇われて、にいさんも私も島を出た。にいさんの仕事は、大場組のトラックでアメリカの基地の中に連れて行かれ、そこで、監督の言う通りにベニヤ板をはりつけたり、釘をうちつけたりすることだった。そんなこと私にだって出来るさあねえ。

何をつくっているのか、どんな建物なのか、わからなかったそうですよ。

それも毎日、違うところへ連れて行かれ、ただ監督の言うとおりに従っていたそうです。

にいさんは家に帰ると、「ああ、船がつくりたいなあ、自分が今、何を造ったか、ちゃんとわかる仕事をしたいなあ」と、言って、山原船の模型ばかり造っていましたよ。

私もおもちゃの山原船の帆をつくったり、色をぬったりしてね…

二人とも口には出しては言いませんでしたが、心の中では、台風の中で死んだあの朝一のことを考えていたんですよ。

そんな時に、三味線《さんしん》を習いはじめたんです。

（息子への思いをこめて歌う）
やんばーらが　いっちゃんど
あかしぬたむの　けんそうらに
ぢしてぢし　ぢしてぢし

やがて、基地の中での大工仕事もなくなって、いっしょに島を出て基地づくりをした人たちは、そのまま全部ガードになって、基地の見張り、番人さあねえ。

にいさんもシェパードを連れ、銃を肩に、昼間、前夜、後夜と三交替で、金網の中で働いたさあ。

隣りの部屋とベニヤ一枚で仕切られた六畳の部屋で、便所も、台所も外にあったから、にいさんが夜勤で家にいない日なんか、怖くてねむれなかったさあ。アメリカーが、二、三人で戸をこじあけて入ってきて、夫を縛りあげて目の前で強姦したと言う話は、耳にたこができるほど聞かされていたから。…そうこうして十年がすぎた。にいさんも、私も、子どもが欲しいから、一生懸命がんばったけど、子どもは生まれなかった。

それでも、にいさんはやさしい人だから、幸せだったよう。いっしょに山原船の模型作ってさあ、海に浮かべたりして…自分たちの子どものようにたいせつにしたよ。

(沖縄を返せの歌やシュプレヒコールがきこえる。)

復帰運動も盛んになって、アメリカの基地の中にも労働組合が生まれたわけ。にいさんも、赤いハチマキをしめたり復帰行進に出たりしていたよ。

復帰の直前になって、にいさんはクビになったわけ。それから、元気をなくして、ふさぎこんで、昼も夜も山原船ばかり作っていた。

(山原船をたたきわる音)

（びっくりして）にいさん、どうしたの、ねえ、やめなさいよ、やめてったら…ああ、せっかくつくった山原船が…（拾いながら）にいさん、疲れよ。さあ、寝なさいよ…

（夫の前にまわって）ね、言いたいことあったらスミ子ーに何でも言いなさいよ。夫婦でしょう私たち…泣かないで…ね（夫の涙を指でぬぐってやる）

（立ち上がって）

あの日の朝、目をさますとフトンにいない。肝騒《ちむ》ぢして、雨戸をあけ、とび出すと、庭の木に…。

にいさんは、基地からも追われて、島にも戻れない…そう、あの島は、石油タンクの島になってさあ。あの島人《しまんちゅ》の夢を、石油会社にかなえてもらって海中道路をつくってもらったのさあ。我《わっ》たあが、島から本島にむけて、石を積みあげたように、砂利と砂と土で固めた道路ができて…

あの美《ちゅ》ら島は、今はもう石油タンクさあ。私は、にいさんの遺骨を抱いて、にいさんにおんぶされて渡ったところに沿って出来ているあの海中道路を渡った。にいさんとふたりで作った、山原船の模型をもてるだけもっていって、海に浮かべたよ。

海は黒くにごっていて、タールのかたまりが、浮かんでいてさあ。

やんばーらが　いっちゃんど
あかしぬたむの　けんそうらに
ぢしてぢし　ぢしてぢし
やんばーらが　うーらんど（注5）
船の主や　うーらんどう
ぢしてぢし　ぢしてぢし

（歌いながら山原船をひとつずつ、海に浮べている。
歌を呑み込むように、Ｂ52の爆音。
きっと見つめるスミ子
楽屋に入るスミ子。
沖縄の民謡のデイスクジョッキーが流れる。）

下り口説《くだぬくどぅち》（注6）

さ《さ》て《てぃ》も《む》旅《たび》寝《に》の《ぬ》仮枕《かいまくら》
夢《ゆみ》ぬ《ぬ》覚《さ》め《み》た《た》る《る》　心地《くくち》し《し》て《てぃ》
昨日今日《ついぬうちゅう》と《とぅ》は《わ》　思《うむ》へ《い》ど《どぅ》も《む》
早《は》や《や》九《く》十月《じゅうぐわち》　な《な》り《り》ぬ《み》れ《り》ば《ば》
や《や》が《が》て《てぃ》お《う》暇《いとぅま》　下《くだ》さ《さ》れ《り》て《てぃ》
使者《ししゃ》の《ぬ》面々《みんみん》　皆《みな》揃《する》て《てぃ》
弁財天堂《びざいてぃんどう》　伏《ふ》し《し》拝《をぅ》が《が》で《でぃ》
い《い》ざ《ざ》や《や》お《う》仮屋《かいや》　立出で《たちんじ》て《てぃ》
滞在《てぜ》の《ぬ》人々《ふぃとぅびとぅ》　引連《ふぃちつぃ》れ《り》て《てぃ》
行屋《じゅや》の《ぬ》浜《はま》に《に》て《てぃ》　立《た》ち《ち》別《わか》る《る》

名残り惜しげの《なぐりうしぢぬ》　船子共《ふなくどぅむ》
喜び勇みて《ゆるくびいさみてぃ》　帆を揚げの《ふうあぎぬ》
祝の盃《ゆえぬさかじち》　めぐる間に《みぐるまに》

山川港に《やまごうんなとぅに》　はい入れて《はいいりてぃ》
船の検め《ふにぬあらたみ》　すんでまた《しんでぃまた》
錨引き乗せ《いかゐふぃちぬし》　真帆引けば《まふふぃきば》

風やまともに《かじやまとぅむに》　子丑の端《にうしぬふぁ》
佐多の岬も《さだぬみさちん》　後に見て《あとぅにみてぃ》
七島渡中も《しちとぅとぅなかん》　灘安く《なだやしく》

波路はるかに《なみじはるかに》　眺むれば《ながむりば》
後や先にも《あとぅやさちにん》　友船の《とぅむふにぬ》

帆引き連れて《ふふぃちつぃりてぃ》　走り行く《はしりゆく》
道の島々《みちぬしまじま》　早やすぎて《はやすぃじてぃ》
伊平屋渡立つ波《いひゃどぅたつなみ》　押し添へて《うしすいてぃ》
残波岬も《ざんぱみさちん》　はいならで《はいならでぃ》

あれあれ拝め《ありありをぅがみ》　お城もと《うしるむとぅ》
弁のお岳も《びんぬうたきん》　打ち続き《うちつぃぢち》　エイ
袖を連らねて《すでぃゆつぃらにてぃ》　諸人の《むるふぃとぅぬ》
迎へに出たや《んけえにんじたや》　三重城《みーぐしく》

（歌をバックにスミ子語り出す）

昔、薩摩に沖縄は支配されていたさあねえ、しぼりとられていたわけ。薩摩への旅を「大和上り」薩摩からの帰りの旅を「下り」といって道行をした歌があるさあ。── 鹿児島から沖縄への船旅の歌、下り口説《くだゐくどぅち》です。

（語りがすむと踊り出す）

（踊りが終って）沖縄には昔から、七島灘《しちとうなだ》を越えて来た人間には用心しろという教えがあるんです。

七島灘を越えてやって来た薩摩の軍勢・商人たち、戦争中、海を越えてやって来たアメリカー。

（B52の調整音が聞こえている）

ここは、コザ十字路といってね、アメリカーが威張っていた時は、ここから向こうを黒人街、こっち側を白人街と言ってさ、無法地帯だったわけ。にいさんと私は、黒人街の裏のほうに住んでいたさあ。真昼間でも黒人兵がウロウロしているからあぶないさあねえ。にいさんが夜勤の時、白人街のむこうの美里のほうで、島の人のお祝いがあって、代わりにわたしが行った。その帰り、白人街をぬけて、この十字路を通って黒人街に出ないといけないわけ。「沖縄の人はいないかなあ」と見ながら、走って歩く。白人たちが、あっちでもこっちでも、三人、四人と、肩を組んでバーをのぞいたり、女たちをからかったりしているさあ。下だけ見て、一生懸命歩いていたら、大きな人影がワッと出てきて「ヘイ、ネエサン、アソビニイコウ」もう、びっくりして、走れるだけ走ったさあ。まわりのアメリカーたちは、笑っているんだよう。ちょうど谷底になっている感じのコザ十字路近くまで逃げて来た時、後ろで、ピーピーと口笛が鳴るわけ。

ダダダーッという足音がして、何かと思ってふり返ったら、白人兵たちが、何か叫びながら飛び出してくる。あっちこっちのバーやキャバレーから何十人とよ、あわてて逃げようとしたら、前の方からは黒人兵が肩を組んでおりてくる。

前にも進めないし、後ろにも戻れない。ドラムかんのくず箱があったから、いそいでその後ろへかくれたさあ。

白人兵も黒人兵も三十人位の三列か四列並んで、にらみ合っているわけ。ビール瓶が投げられて、それから殴り合いさあ、店のドアをはがして火をつける。車を四、五人で持ちあげて、相手側になげこむ。たいへんさあ。こわいから、見れるねえ、(見れない)目をとじていたわけ。でも、おそるおそる目をあけて見たら、あっさー、ドラムかんが無いさあ、かくれるつもりなのに、まるみえよう。白人兵が、ドラムかんに火をつけて、黒人たちの中に投げこんでいるさあ。

その時ちょうど、パトカーでＭＰが来て、ああ、これで騒ぎがおさまる、助かったさあと思ったら、違うさあ。

MPのピストルを奪って撃ち合うわけ。そしたらまた、兵隊たちがどんどん増えてくるわけ。二時間も三時間も殺し合いさあ。サイレンがなって、パトカーがいっぱい来て、兵隊たちをけ散らして…やっと家へ帰れた。

同じアメリカーでしょう、どうして白人と黒人で殴り合ったり、殺し合ったりするのかねえ。戦争で人殺しが当り前になっているからでしょうねえ。

アメリカーは、今でもここは戦場だと思っているからね。みなさんも注意して下さいよう。道歩いていて爆弾投げられるかも知れないよ。

そんなことがあるもんだから、十字路に買い物に行くのも映画を見に行くのも、にいさんといっしょさあ。

にいさんの背中にかくれるようにして黒人街を通り抜けて家に着くと、おそろしいやら、腹が立つやら、ほっとして涙が出るさあ。

そしたら、にいさんは、いきなり強く強く私を抱いて……

（幸せな時を思い出している）

話は変わるけどさあ、アメリカーのワイフたちがアルバイトしているという話さ。ハズバンドの兵隊が、月給五百ドルもらっても、今は十万円ぐらいさあねえ。アパート代だけでも四、五万するよう、…一等国のアメリカ人の生活が、それでできるはずがないさあね。だから青い目の金髪の美人が、日本の観光客相手にアルバイトしているってよう…アメリカーの女兵隊もよう。

それを目当に沖縄に観光に来る男もいるんだってさあ、この中にもいるかねえ。だれねえ、ニヤニヤしているのは。だから、男はエッチさあ。

新婚の奥さん、ご主人を逃がさないようにつかまえていてくださいよう。

私のにいさんみたいな男は、もう世の中にいないねえ。やさしくって、私のことばかり考えてくれてさあ。

やさしい男と言えば、お父もそうさねえ。お父の話ししたかね、いつもどこに行くにも三味線もっていく—

お父の仕事、なにかって…民謡歌手か？　それがねえ、（笑って）畑仕事しない百姓さ。畑仕事はおっ母がやるんだよ。

お父は、戦前、ニーセー時代は、帽子編《く》まあの大将《てぇしょう》だった。

島のあんぐゎたあ集めて、パナマ帽を編ませ、自分は三味線弾いて、歌作って遊ぶのが仕事さね。

毛遊《もうあし》びーって知ってるねえ、若い青年男女が夕《ゆ》まんぎいになると、東の毛《もう》に集まるわけ。毛《もう》というのは、原っぱさあねえ。テレビとか映画とか娯楽は何にも無い時代さあね。もちろん、こんな民謡酒場もないさ。そこが、毛遊びーがその当時の社交場なのよ。

好きな男や女をみつけて語ったり、歌ったり、踊ったりするわけ。

「さあ、踊《うどう》いんどう」と、誰かが言うと。「ちばてぃんどみ」と、すぐ誰かが立ちあがるわけ。ピーと指笛鳴らしてさあ。

（イヤサッサ、ハイヤ、と口三味線《くちさんしん》でカチャーシーを踊る。つぎつぎと相手が変っていく）

踊っているうちに、好きな者同志が手をとりあって、草むらの中にかくれる、そこで、ふたりでしみじみと語らうわけ。若いし、夜だし、さあどうなるかね、その後はどうなったか？

お父は毛遊びーの大将《てえしょう》、島のあんぐゎ達《たあ》のあこがれの的、スター、毛遊びーのスターだった。

そこを大和ぬ紡績会社の課長さんが、目をつけた。お父は、島々まわって、紡績会社に沖縄のあんぐゎたあ、娘たちを連れて行く仕事もしたわけ。七島灘《しちとうなだ》を渡って。あの頃の紡績は戦争で繁昌していた時代だから人手不足さあ。

沖縄は今よりも、もっともっと悪かったから、ソテツを食べたりして。男の子は漁師として糸満売り、女の子は辻に売られる時代さあねえ。

あんぐわ達は、洋裁が習える、寮があって、三食ちゃんと銀飯が食べられる——と言って、喜んで行ったわけ。

お父だって本気にそう思っていたさあ。やしが、夜中に仕事している時に、役人の調査があると、倉庫からカギをかける。役人が帰るまで、セキひとつもできないさあ、長時間、低賃金労働さあねえ、何人も何人も血を吐いて島へ戻される。女工を連れて帰るのもお父の仕事さあ。

「こんな体では家へ帰れない」と泣く女工をなだめたり、すかしたりしてやっと、船に乗せる、四十八時間も船に揺られて、七島灘、海を越えて、辺戸岬が見えると、女工は、また泣き出してあっという間に海に飛び込んでしまったって。

船は女工ひとりのために、捜索してくれない、遺体も引き上げられない。それでもお父は、親元をたずねるわけ。

（三味線を弾こうとしても弾けない、三味線を肩に重い足どりで歩く）

それからさあ、連れて行った女工を、前借りさせておいて、二、三日後には逃がしてやるようにしたそうよ。

その時の合図は、三味線だったって…（三味線をかきならす）

島へ戻って、しばらくすると戦争でお父は防衛隊にとられてね。

そこでお父は、国民学校奉安殿に安置してあるご真影―天皇の写真さあね、一旦かんきゅうある時は軍、学校に協力し身命をとして陛下を護持奉るよう、きつく言われていたさ。

そこには、大和口《やまとぐち》の上手な安里という教官がいてね、色の白い、黒ぶちの眼鏡をかけて、すらっとした男さあねえ、民謡が好きだといって、しょっちゅう家にも出入りしていたけど、お父はあの頃からどうもこの男は怪しいと言っていた。

（艦砲射撃の音がして、舞台が赤く燃える）

カンポーの日、そう、島が音をたてて火事になっている。サイレンなんか鳴るねえ、お父は、ヤッチーと、私の本当のお兄さんのことさあね、出かけていたから、私と、おっ母は先に墓の中にかくれていたよ。

沖縄の墓は、丘の中腹を切り込んで、石で囲んであるから、かくれるのには最高さあ。あの時は、ハブとか人の骨なんか、恐いなんて思わないさあねえ。

鉄の暴風の中を、カンポーの雨の中を、夜になって、お父は、帰って来たよ、頭のない死んだお兄さんを抱いて…

　（墓の中はシルエットで…）

「頭は、どこへとばされたか、探せないんだ。」

　（すがりついて、大声で泣き出すおっ母）

「あんたがついていて、こんなむごい日にあわせるなんて…」

「…」

　（子どもの遺体を妻の腕の中に）

「さあ、抱いてくれアンマー、母親の手で強く抱きしめてやってくれ…」

　（外へ出て行こうとするお父に）

「どこへ行くねえ？　こんな時に」

「あの男、たっくるしてやる」

「誰《たー》やが、あの男って？」

「あの安里さあ、わんにんかい（私に）神国日本を裏切るスパイと言いやがって、あいつのために、わあ子《くゎ》ん、ご真影も…」

「ご真影が、どうかしたねえ。」

「焼けたよ、あいつのために何もかも」

（出て行こうとするお父に、おっ母がすがりついて）

「主《すう》まで死んだら、私とスミ子ーはどうするねえ。この子の焼香《すうこう》を、葬式を誰がするねえ。私とスミ子ーだけでやれと言うわけねえ。主、女だけ残すつもり…この墓の中のご先祖の御願《うがん》は、供養は、主の仕事でしょう。この骨壷の中も、厨子甕の中も、そして、殺されたこの子も、みんな、主の血のつながったものよ。…どうせ、このカンポーでは、勝ち目はないさあ、死ぬ時は家族一緒に死のうよう、主、わあ命《ぬちん》、昔から主にあじきてえーるむん。」　（私の命は、昔からあなたにあずけてある）

お父は、黙って、私を膝の上にのっけて、

じんじん（注7）（わらべ唄）
じんじん　じんじん
さがりよー　じんじん
じんじん　じんじん
さかやぬ　みじくわてぃ
うてぃりょー　じんじん
ちぶやぬ　みじぬでぃ
うてぃりよー　じんじん
さがりよー　じんじん

「ヤッチーが好きな歌だったなあ、スミ子も好きか…スミ子ー、戦争やならんどう。
戦争を許してはいけないよ。」

（上陸する戦車などの音）

アメリカーが上陸して、死んだ人、日本軍にすすめられて集団で自決した人、日本軍に殺された人、沖縄戦で二〇万近い人が死んだ。六月二十三日、敗戦。私たちは降参して、お父は、アメリカーによその島に連れていかれ、私と、おっ母は、キャンプに入れられてね、今でも、夢みるよ、あの白い粉、D・D・Tを頭からかぶせられて、せきこんで涙が出るさあねえ、—そしたら、黒ん坊の兵隊が白い歯を見せて笑っているさあ。それで目がさめる、汗びっしょりかいてねえ…キャンプの中で、おっ母は草苅りの作業でも、炊事当番の時でも、夜でも、五歳の私の腰に帯をまいて、その片一方を自分の腰に巻いてさあ、便所も一緒さあねえ。キャンプは男と女に分かれていたけど、夜になると男が忍び込んで来たりするわけ。アメリカーもよ。ちょっとでも音がすると、おっ母はとび起き、私を抱きしめて、

「スミ子ー、スミ子ー」

そうしたら、私がワアワアワアー。

男たあや逃げるわけ、アメリカーもよ、昼でもアメリカーは何をするかわからないか

ら、女たちが、みんな一緒にかたまって行動していたよ。
それでも子どもだから、スミ子ーひとりの時があるさあねえ。そんな時、アメリカー
からチューインガムでも貰ったりすると、おっ母は、私の両手をしばって泣いて怒っ
たさあ。
「あきさみよう、この童《わらばー》は、スミ子ーなんでアメリカーから物貰うねえ。子どもとい
っても、おまえは女の子だよ何されるかわからないというのに、おっ母は情けないよ
う。
スミ子ー、チューインガムがまだ欲しいねえ、かん詰のお菓子が欲しいねえ、スミ子
ーがそれほどまでに欲しいなら、おっ母がアメリカーと結婚するねえ、スミ子ーは、
おっ母がそうしたほうがいいねえ、そうじゃないだろうスミ子ー、お父と、おっ母と
スミ子ー三人で、仲良く暮らしたいだろう、なあスミ子ー、お父だって、それを待っ
ているんだよ、スミ子ー。
スミ子ー、おまえのお父はなあ、紡績から追い出されたおっ母を助けてくれて、いっ
しょになってくれた命の恩人なんだよ。…（絶句）」
（短い間）

やがて、お父と一緒になって、島に戻った。お父は、空かんにパラシュートの糸でつくった三味線を持ってね、島は、アメリカーの射爆場になっていたさあ。アメリカ世になったから、ご真影を焼いた責任の話しは表には出さないさあねえ、だけど、島の人は、酒を飲むと、ご真影の話をジクジク出すさあ。

お父は、そんな時は、村長や区長のところでも、すぐ帰って来たさあ。


そうしたら、おっ母が、そこへどなりこんで、

「主の悪口いいねえ、許さないよう、子どもを殺され、何がご真影ね。悪いのは安里さあ、あの男は教員じゃなくてスパイ学校の卒業生で、島人をみんな戦争に追いたてるためにいたんだよう、あの男のために自決させられたのも多いんだよ。わったあ主は立派な男さあ。」

（三味線を弾いて）

お父は、やせていて、まつ毛なんか女みたいに長いわけ。指も、おっ母より細くて長いさあ。

（指をかざしてみて）

私はおっ父に似ているみたい。

お父はやさしくてねえ、とっても強い男だよ。

アメリカのブルドーザーの前に座りこんでも、ビクともしなかったんだよ。何の話かあ？

土地の測量だといって、アメリカーの二世と兵隊ぐゎが来て島を見ての帰り、みんなに手当を出すからといって印鑑をおさせたんだよ。

それが嘘だったわけ、アメリカーにだまされたわけさあ、民主主義の国アメリカによ。家の立ちのきの承諾書だったんだよ。これは「正義に反する」と言って、お父たちは頑張った。

主席に会いにいったりしてさあ、主席はアメリカーの任命だから、ラチがあかないさあ。

あの日の朝、たくさんの車の音がするわけ。ブールーブール…ガタガタガタガタ…ブルブル…

とびおきて、外へ出ると、戦車とブルドーザーが来ている。

アメリカの兵隊ぐゎが、私たちに銃を向けて、立っているわけさあ。

お父は「おいスミ子ー」と言って、私の手をひっぱってさあ、戦車の前に歩いて行こうとするさあ。

こわいさあねえ、ガタガタしていたらお父は笑ってさあ、こうして、私の頭をなでて、

「スミ子ーは、お父の子だな」

「ウン」

私をさあっと持ち上げて肩車してよ、戦車に向かって歩いて行った。

「スミ子ー、お父といっしょだ、いっしょだぞ。大丈夫、大丈夫、スミ子ーは、わあ子《くゎ》どやる」

パンパーン・パンパーンとアメリカーは威嚇射撃をする。

「スミ子、ちばりよー、わったあ島どやる。わったあ土地どやる。悪いのはあいつら、アメリカーだ」

後ろをふりかえると、島の人たちが、ひとり増え、ふたり増えして、戦車やブルドーザーの前にいっしょに座り込みよ。

私も勇気が湧いてきて、アメリカーをにらんでいたさ。しかし、アメリカーの兵隊ぐ

ゎたちに銃でつつかれたり、ひきずりだされたりしてさあ…
ああ、くやしかったさあ、もう…
私《わったあ》の家《やー》ん、東の家も西の家も、火をつけられて燃えて…家が燃えるのをみて、お父が
「アメリカーや、わあ三味線《さんしん》まで焼ちとらちゃるむん」　（アメリカは、オレの三味線まで焼いてくれやがった）

（短い間）

それから、お父は、また新しい三味線を作って島の人たちといっしょに土地とりあげ反対の陳情をしに行ったわけ。

陳情口説（注8）

作詞　野里竹松

（採集　杉本信夫）

さてぃむ世ぬ中　あさましや
いせに話さば　聞《ち》ちみしょり
沖縄御臣下　うんぬきら

世間《しけ》にとうゆまる　アメリカぬ
神ぬ人々　わが土地ゆ
取てィ軍用地　うち使《ち》かい

畑《はる》ぬまんまる　金網ゆ
丸くみぐらち　うぬすばに
鉄砲担《かた》みてい　番さびん

親ぬゆずりぬ　畑山《はるやま》や
いかに黄金《くがに》ぬ　土地やしが
うりん知らんさ　アメリカや

真謝《まじゃ》ぬ部落ぬ　人々や
うりから政府ぬ　方々に

御願ぬだんだん　話ちゃりば
たんでィ主席ん　聞ちみしょり
私達百姓が　御前ゆとうてぃ
御順いさびしん　むてぃぬ外《ふか》

親ぬゆずりぬ　畑山や
あとうてぃ命や　ちながりさ
いすじわが畑　取り戻し

願ぬだんだん　しっちゃしが
耳に入りらん　わが主席
らちんあかんさ　くぬしざま

（「沖縄の民謡」より）

（スミ子、歌いながら踊る）

お父は、畑仕事しない百姓さあねえ、アメリカーにとられて、おっ母一人でやる畑しかないさあ。

お父は、いつも、他島《たしま》をまわって、三味線弾いて、島のことを、アメリカのむごいしうちを訴えて歩いたわけ。それが何年続いたかねえ。

お父は、島のことだけじゃなくて、復帰運動とか労働争議とか、なんでもあると出かけるわけ。

あのヒジグワー、知ってるねえ、今、国会議員の先生だけど、あの人の後ろにくっついて歩いてね、自分は演説もできないのによう。

三味線持って、自分もヒジグワー、ヒゲはやしてさあ。

ヒジグワーの演説があると、ポスターはったり、一番前で拍手したりするわけ。

だから、みんなが、お父をアカと言うわけさあ、共産主義と言うわけ。

（笑って）わったあお父が共産主義のこと知っているはずがないさあねえ。それでもよ、お父が通ると、口と鼻をおさえる人もいたさあ、「共産主義は空気感染するから」って、あんたたち、笑うけどさあ、ほんとうのことよそれは。

とうとうお父は、ヒジグワー先生といっしょにつかまって裁判さあ。

三味線弾いて、手パチパチしただけなのによう。

にいさんは、アメリカーのガードさあねえ。このことが知れると、アメリカーに、すぐクビにされるさあ、にいさんはいつも「困ったなあ、困ったなあ」と言っていたけど、裁判の時は、

「スミ子ー、お父の裁判、心配だからみて来い」

それで裁判を見に行ったら、お父が被告席に立たされていて、おっ母が証人席で演説しているわけ。

「あのー、あのー、裁判所の先生。わんや、あらん、わたしは、わったぁ主《すー》ぐゎが、やっていることはですよ、なんにも知らないです、主は昔から三味線弾いて、歌って歩くだけであります、お金はですね、一銭もかせいだことありませんです。いつもこのわたしからとって行くだけです。」

「裁判所の先生、この人を早く監獄に入れてください。政治ブラーは病気です、アメリカーがいるかぎりこの病気はなおりませんから。それができないなら、アメリカー

を裁判所の先生の力で追っぱらってくださいますよう、せつにせつにお願い申しあげ、私のあいさつとします。おわり！」

みんな、大笑い。裁判長も、笑っているわけさあ。

お父は、手をたたいて喜んでねえ。

結局、監獄に入れられたけどさあ、お父は出て来ても運動はやめないさあ、運動といっても三味線弾いて歌って歩くだけさあ、アメリカーは許せないーと言って。

（短い間）

にいさんが死んだ時、お父は泣いている私に、持ってきた三味線を渡して
「スミ子ー島々みぐてぃ、歌、歌てぃちゃるわあ三味線、親《うや》んで思てぃ、大切にしてくれ。

戦をくぐってきたわしたちだ。生命を大切にしなけりゃいかん、戦争で死んだ人たちの分まで長生きして、戦争のない平和な島にしなくちゃいかん。やらやースミ子、そうだろうが…

さあ、この三味線で、歌うたえ。民謡ぬ中んかいや、島人ぬ心くみらっとうさ、くみらりぃさあ。さあ、泣かんぐと、歌て聞かせえ。

海のチンボーラー（注9）
海のチンボーラが
逆《さか》なやい立てば
足《ひさ》の先々《さちざち》危《あぶ》なさや
したくの悪《わっ》さや
すばなりなり
サー、浮世《うちゅ》の真中《まんなか》
どざどさどっさい
シマヌヘイヘイヘイヘイ

前は、沖縄の女が、アメリカーに買われていたさあねえ、島の友達ぬトシちゃんも、もうきやーになって、黒人街につとめていた。

食堂の下働きがなくて結局、アメリカ相手のもうきやーになっていたよ。トシちゃんのお父さんは、アメリカの射爆場に薬きょう拾いに行ってさあ、アメリカーにみつけられて、撃たれて死んだ。

アメリカーはトシちゃんの敵でしょう。それなのによ、敵に体を売ってさあ、島にお金を送って、弟や妹を養っていたんだよ。

そのトシちゃんがよ、あの夜、

（パトカーがサイレンを鳴らして来る、止まる。ライトがグルグルまわる。騒然とした雰囲気。）

「沖縄人がアメリカーにいじめられてるよ、これでいいか、これでいいかー」

「いつまでもアメリカーに馬鹿にされていいか、差別を許していいか」

そんなことを口々に言いながらみんなが走ってゆくわけ。それで、私も飛び出して。ほら、この先の大通りよ、ＭＰも警察もいる中で、沖縄の青年たちが、アメリカーを囲んで、抗議しているさあ。

「おーい、警察はアメリカの味方するなよう。島人をいじめたら許さんぞう」

「二十七年も我慢してきたんだぞう」

「ヤンキーゴーホーム」

「ヤンキーゴーホーム」

（スクリーンにアメリカ占領時のさまざまな弾圧の写真が写されてもよい）

この沖縄で、この基地の街で、これまでガマンして来たでしょう
勝手に土地をとりあげられ、家を焼かれ、目の前で妻は強姦される。夫は殺される。

選挙で当選した人もアメリカーは紙切れ一枚でクビにする、アメリカーを批判する人は、仕事を取り上げ、島からも出さない。

それがアメリカーさあ。

あれあれっと言うまに、アメリカの軍人、軍属の使っている黄ナンバーの車を、青年たちがひっくり返してさあパアーと燃えて…

「やったあ、やったぞう！」

ピーピーと指笛が鳴る。あっちでもこっちでも車が燃えている。

そんな時、ＭＰの前にあっという間に赤いムームーを着た女が飛び出して来て、

「人殺しアメリカー、人殺しアメリカー」と言って、石を投げる…

「トシちゃん、トシちゃん」

（騒然とした音の中から、カチャーシーが湧きおこって来る。力強く、カチャーシーを踊るスミ子）

ましゅんく節（注10）
ヨーテー
ましゅんくとう
なびーとうヨーテー
ましゅんくーとう
なびーとう
見くなびてぃ　みりばヨー
ウネシクテントゥンテン

ヨーテー
ましゅんくや
うしさヨーテー
ましゅんくや

うしさ
なびーや　美ら美らさヨー
ウネ　シクテントゥンテン

ヨーテー
まし垣ぬ　上ないヨーテー

まし垣ぬ　上ない
なべら花　咲かちよ
ウネ　シクテントゥンテン

ヨーテー
うりが　実《な》い
なりば　ヨーテー
うりが　実いなりば

・

里《さとう》にちんむてぃ
いえーさなや
ウネ　シクテントゥンテン

ヨーテー
まじゃ原《ばる》ぬ　うむやヨーテー
まじゃ原ぬ　うむや
一《ちゅ》むとうから　三《み》バーキヨー
ウネ　シクテントゥンテン

ヨーテー
なーにんぐる　にんぐる
にんぐる　揃《すり》とてぃヨーテ
なーにんぐる　にんぐる
にんぐる　にんぐる

揃とてぃ　ヨー
美童話《みやらびばなし》ぬ　うむっさヨー
ウネ　シクテントゥンテン

復帰になって、いろんな人が沖縄に来る、みなさんのように感じの良い人もいるけど、
悪い人も来るさねえ。

昔、悪いことをした人も平気な顔して現れるさあ。

ある日、お父は、沖縄新報を持って、たずねてきたよ。

「みつけたって何ねえ、お父」

（新聞を広げてみせるお父に）

「ここねえ『私の心のふるさと』、この伊東秋男って、誰ねえ？」

「あの男？　安里ね。お父がご真影を守って火の中を飛び出そうとしたら、あいつが、ご真影をこっちへ寄こせ、おまえたち、敵に通じる沖縄の土人にまかせられない、そう言って奪おうとして火の中に落した…それだけじゃない、お兄さんもお父を助けようと、こいつに向かっていって、カンポーの破片に…。お父のくやしい気持よくわか

るよ」

「どうするね、いまさら、絶対に許さないと言ったって、ご真影なんて、どうでもいいさあ。天皇が何してくれたね。沖縄をアメリカに質入れした張本人じゃないねえ。」

「天皇のためじゃない？　沖縄人を戦争にかりたてたり、集団自決に追いやったり、さんざん悪いことした男が平気な顔しているのが許せない。」

「ええっ？　琉球大学へ行く？」

「へえ、安里は、国立の大学の先生になって来ているのねえ…」

お父が動き出した時には、伊東秋男、あの安里はもう、沖縄から東京の大学に移ったらしいという話しさ。

えっ？　お父は、今どうしているかって？

しばらくたずねて来ないけど、七島灘をわたって、東京へ行ってるかも知れないねえ。

三味線弾いて、歌うたってよう。

艦砲《かんぽう》の《ぬ》喰ぇーぬくさー（注1）

作詩・作曲　比嘉恒敏

若さる時《とうち》ね　戦争《いくさ》ぬ世《ゆー》
若さる花ん　咲ちゆーさん
家《やー》ん元祖《がんす》ん　親兄弟《うやちょで》ん
艦砲射撃《かんぽうしやげき》ぬ　的《まとう》になて
着《ち》るむん　喰ェむん　むるねーらん
スーティーチャーかでぃ暮らちゃんや
※　うんじゅん　わんにん
　　いやーん　わんにん
　　艦砲ぬ　喰ェヌクサー

平和なてから　幾年《いくとうし》か
子《くわ》ぬちゃん　まぎさなてうしが
射《い》やんらったる　やまししぬ

我が子《く》うむゆるぐとぅに
うすみじ又とう　んでぃ思《うみ》れー
夜《ゆる》ぬゆながた　みぃくふゆさ
※　はやし

いい年して、恥知らん、泣ちえい、笑えていし…

私は死にたいと思ったことあるけどさあ、そんな時、いつもお父やお母のこと思い出すわけ。

それに、軍事スパイの安里のような男たちが平気な顔をして生きているのに、わったあ（私達）が死ねるね、朝栄にいさんの分までずっと生きてやるさあ。艦砲の喰えぬくさあこそ生きて戦争の証しにならなければ。

あれえ、きょうは、青い海と青い空、ハイビスカスとうるま島のエキゾチックな話をするつもりだったけど、どうしてこんな話になったのかねえ。

お土産話がないとみなさん困りますよねえ。

そうだ！　沖縄の踊り、カチャーシーを教えましょう。
誰でもできますよう。三味線に合わせて体を動かしていればいいんですからハイ、そ
れじゃ音楽スタート。
（カチャーシーの音楽が流れて）
ハイ、手をこうして足をこう出して…そうそう…みなさん、いっしょに踊りましょう
か…
（客席の人を引っ張り出して踊らせる）
ひんぎてえないびらんどう（逃げてはいけませんよ）
さあ、さあ、おどりましょう、いっしょに…
（にぎやかな雰囲気の中、Ｂ52の音が大きく—。）

注1　激しかった沖縄戦を生きのびた人びとの平和への願いをこめた歌。
注2　恋歌。十七、八歳になれば夕暮れを特ちわびる、恋しい人と逢えるから――と。
注3　祝いの歌。沖縄では、お祝いのはじまりはこの歌である。
注4　わらべうた。薪が唯一の燃料であった頃、沖縄の北の方、山原地方から薪を運んで来る帆船を山原船とよんでいた。山原船が港に入ると、島は祭のようににぎやかになった、と伝えられている。
注5　山原船がいないよ、船の主もいないよ。
注6　薩摩藩を出て沖縄に着くまでの道行をうたった歌。
往7　「じんじん」とは螢のこと。わらべ歌。
注8　伊江島の土地接収反対の中で生まれた歌。曲は、単純で昔からある「口説」を使用、歌行脚をしながら、伊江島の問題を訴えた。
注9　軽快なテンポの歌。チンボーラとは小さな巻き貝を言う、歌詞は教訓的であるが、曲の軽快なテンポとコミカルな踊りのため、庶民の代表的な歌、踊りの一つとなっている。
注10　二人の美しい娘の話を物語風に歌ったもの。

【資料】
企画意図

「パモス青芸館」は本年四月、「みんなの力で心通う芸術と文化の広場を」という趣旨のもとに設立され、企画にあたっても、広く観客や芸術家の参加をよびかけています。

そのような中で、民衆の生活と歴史とたたかいに根ざした民族的な芸能・文化の宝庫沖縄にも目が向けられ、毎月十五日を定例とする「沖縄の芸能文化シリーズ」が取り組まれています。

この「島口説（しまくどぅち）」もまた、その一環として、沖縄に心をよせる観客と専門家との共同企画として生まれました。

舞台は、沖縄中部、広大な米軍基地の落とし子として発達したともいえる基地の街沖縄市にある、一軒の民謡酒場。

登場人物は、女手一つでその店を経営する山城スミ子という中年の沖縄女性です。かざらない性格の彼女は、素朴な沖縄方言をそのままに、沖縄の歌や踊りを披露するので、本土からの観光客たちにも人気を集めています。

この、働き者で底抜けにあかるい楽天性をもった沖縄女性を演ずるのは、沖縄芝居から舞踊、民謡はもちろん、ラジオのディスクジョッキーまで、多彩な活躍をしている俳優の北島角子さん。彼女の魅力のすべてをうちこんだ歌と踊りと語り――沖縄の庶民がたどった戦後史、生活史でもあります。

第一部では、生き残ったことが「艦砲ぬ喰ぇ残さー（艦砲射撃にあたりそこねたさー）」といわれるほどの沖縄戦のはげしさ。廃墟の中で青春をむかえたスミ子の結婚。そして、台風の中で本島への船便を絶たれ、一才の息子を失った離島苦。基地ブームの中での夫の苦悩と死が語られます。

第二部は、戦後沖縄の抵抗とたたかいの歴史が、三味線《サンシン》をひいて米軍の土地取り上げに抗議した父の生きざまを通して描かれます。

スタッフは、脚本に沖縄出身の気鋭の劇作家謝名元慶福、演出に、新劇会から山岸秀太郎、照明山内晴雄、効果深川貞次、美術には、やはり沖縄出身の比嘉良仁があたります。

また、劇中、「艦砲ぬ喰ぇ残さー」「山原船」「かぎやで風」「陳情口説《ちんじょうくどうち》」「アメリカーぬ花」など、沖縄の古謡、民謡、オリジナル曲多数がうたわれ、音楽ファンにとっても興味つきない構成です。

九月十五日～二十四日の幕あきまで、スタッフ、キャスト含め、さらに検討を深めねり上げてゆくつもりです。

この「島口説」を、労音会員の皆さんと共に、日本と沖縄の戦後史をもういちどみつめなおし、音楽と生活との深く豊かな結びつきをたしかめる場とすることができれば、幸いです。

どうぞ、よろしくご検討のほどをお願い申し上げます。
☆附記
「パモス・青芸館」は、一〇〇名程度の会場ですので、出来れば上演効果からもキャパシティー三〇〇名位までの、身近な例会に組み入れて頂ければと思います。

上演時間・一時間半、編成は八名～十名、極度に明るくする事と極度に暗くする事が出来る会場であれば結構です。

尚、より具体的な点については、後日、打合せの上、決めて行き度いと考えています。

「パモス・青芸館」
担当　下山　久

労音御中

74

作者からのメッセージ

聞いておくれ「島口説」を

謝名元慶福

今
僕の心の中に
あるもの
それは
島の歌

一人の鼓動が
島人、みんなの鼓動になった
あの歳月

悩みも
悲しみも
怒りも

巨大なアメリカに
立ち向かった
小さな島人の歌

それは歴史を生きる、人間の歌だ

今
僕たちに失われているもの
それは、僕や君の呼吸のひとつびとつが
歴史をつくっている自覚と
時代に真正面から

向きあうことではないか

だから　島の歌（島口説）を
みんなに聞かせたい

美ら島

「生《う》まれ《り》島《じま》」

生まれ島離れ《り》　街方《まちかた》に暮らち
まりぬ島戻《むどう》い　かにん嬉《うり》しや
　今日《ちゅう》や行《ん》じ見《ん》だ
　故郷の　生まれ島

いかな街方ぬ　都またやていん
故郷にまさる　むぬやねさみ
　今日や行じ見だ
　故郷ぬ　生まれ島

舞台——青い海原。
キラキラと輝く海。
さざ波がおこり、うねりになって、濃紺の海となる。海鳥の鳴き声。

老婆（東城カミィ）浮かび上がる。

カミィ　ウートートー。くぬ島を造てぃくみそうちゃる御天地《うてぃんぢぃち》の神加那志《かみがなし》、御《う》まちゅびちゅえでーびる。島御元祖《うがんす》、あぬ世からくぬ島、見守《みまむ》てぃうたびみそうり戦《いくさ》ぬ前《めえ》やくぬ島からハワイ、ブラジル、ペルーんかい移民し行ちゃびたん。戦《いくさ》ぬ後、海人《うみんちゅ》のちゃあや沖縄ぬ海深く沈《し》じどうる舟引ちあぎる潜水夫なてぃ、また、船大工《ふなでぇく》やアメリカー基地造いが本島んかい出じてぃ帰ってチャーびらん。神加那志、吾ぁ念じぬたらーんどあいびぃがや、ならあちくみそうり。島んかい残とうたる年寄《とうすい》、女《いなぐ》、童《わらび》んチャー海中道路が出来てから、うり渡てぃ、島から出《ん》じて行ちゃびたん。島の神加那志吾んにんかぃ何《ぬー》ぬ不足ぬあいびぃがや、ならあちくみそうり。吾んね、くぬ島を守いるためちゃあせい、ゆたさいびいがや。ならあちくみそうり。吾あ孫《んまがー》、今どこにいるのかわかやびらん。孫島《んまが》んかい呼び戻ちくみそうり。しまったぬ島んかい呼び戻ちくみそうり。引ち寄してくみそうり。ウートートー、ウートートー……。

海に囲まれた小さな島。白く円い石油タンクの群れが、島の上半分を占めている。

1　東城カミィの家

波の音。梯梧の花びらが落ちる。
梯梧の大木の下で、カミィが花びらを拾いながら、独りごとを言っている。

カミィ　若夏《わかなち》ぬ、うりずんぬ季節《しち》になりば、島人やみな、くぬ梯梧の花、拝《うが》みーがちゆうたしが、今《なま》ー、吾ん一人《ちゅい》　（花びらをほほに当てて）花びらぬ美《ちゅ》らさ、手ざわりのやわらかさよ。

（連ね）

赤々と咲ちゅる
島の梯梧花
色の深さや
命《ぬち》の深さ

トラックの音が近づき、止まる。島袋正吉（町役場の臨時職員、二四歳）ロックのリズムをとりながら登場。

カミィ　梯梧ぬ花は島の花、島の命《ぬち》

正　吉　お婆　来たよ！

カミィ　体中の血をしぼって、真っ赤《か》あら咲《さ》ちょうさや

正　吉　カミィお婆ちゃん、施設にはよう、もっとビューティフルな花がいっぱい咲いてるよ。

カミィ　（梯梧の木をなでながら）もっと、もっと真赤あら、真赤あら…

正　吉　チェ！　婆々はこれだからな（近寄って大声で言おうとすると）

梯梧の花びらが散って舞う。

カミィ　あっ！　燃えとーん石油タンクが…（正吉びっくりする）真赤あら真赤あら燃《め》

えとん燃《め》えとんハハハハ…。

正吉　（カミィの肩に手をかけて）カミィ婆さん、又かよ、しっかりしろよ。

カミィ　（正吉に気がついて）あい、役場の二才《にいせえ》（青年）

正吉　今度は石油タンクでも燃えるお告げかい。そりゃ、当たってるかもしれないや。

カミィ　何しに来たね、あんたは。

正吉　これだ。お婆ちゃん、言ったじゃないか。今日迎えにおいでって。

カミィ、正吉の話を無視して、散った花びらを大切に拾っている。

正吉　又、忘れたって言うの…ねえ…（苛々して）話を聞いてるのかな、この糞ババア、

カミィ　糞ババァ？　吾あくとぅな？

正吉　いや、その…聞こえてるなら返事してよ。一昨日、約束したじゃない。

カミィ　約束

正　吉　これだよ。何度同じことを言わせるのかよう。（ポケットから紙切れを取り出して）ええ、あなたの亡くなった息子さんが、この島に石油会社を誘致し、本島とこの島を結ぶ海中道路が実現しました。そのために町は栄えました。その功績が認められて、名誉町民第一号に選ばれました。町議会でですよ。それだけじゃなく海中道路の本島側の入り口に息子さんの銅像が出来上がりました。……とにかく婆さん、松男さんの銅像ができたんだよ。

カミィ　銅像？

正　吉　うん、立派なもんだよ、実物そっくり、体ずんぐり目が細くて、こう、偉そうなヒゲ、ハッハハ……たいしたもんだよ。東京で作ってもらったんだ、東京で…もう五回目だよ、思い出してよ。今日は町中の人が出て、その除幕式をやるの。花火もパンパン打ち上げてさ、だから婆ちゃんが亡くなった息子さんの家族を代表して出席してくんないと式典はじまらないわけ。思い出した？

カミィ　冗談すなけ。

正　吉　冗談？　冗談じゃないよ。今日で五回もオレは同じことを言ってるんだよ。

この島にはお婆以外に人間は住んでないし、この家、屋敷は息子さんが石油会社に売ってしまって、もう婆さんのものじゃないんだよ。それにさ、まわりは石油タンクばかり、油はもれる、いつ火がつくかわかんない。お店もない。食料だって困るだろう。病気になったらどうするの。ダメ、ダメですよ。何かあったらどうするの。安全で便利なところで生活するのが人間らしいよ、お婆。式典が終わったら、お婆は町の施設に入ってもらうよ。これも五回目。

カミィ　(梯梧の花を見て) 肝苦《ちむぐり》さやぁ。

正　吉　?……

カミィ　一年待たないと、花は咲かせられないなんて。

正　吉　又これだ。

カミィ　吾んや来年も、ここにこうして立って、おまえを見ているからね。

正　吉　そりゃ違うんじゃない。お婆はオレとこれから出かけるの。ここへはもう戻って来ないんだよ。

カミィ　(強く) 吾んや、どこへも行かん。

正　吉　お婆、お願いだから約束守ってくれよ。

カミィ、梯梧の木にすがり付く。

正　吉　こんな島のどこがいいのかなあ、何にもないじゃない。
カミィ　ここは、吾あ生まり島さあ。
正　吉　町長さんをはじめ、町民あげて待っているんだよ。な、一昨日、ここでお茶を飲みながら、迎えにおいでって、このオレに言っただろう。（梯梧の木をはさんでまわりながら）
カミィ　年寄だから、昨日何を言ったか、すぐ忘れるさぁ二才《にいせえ》。
正　吉　もう、勝手なんだから。
カミィ　役場吏員も大変だねえ。こんな暑いのに……
正　吉　吏員じゃない、臨時…ああ喉がカラカラだ、婆さんお茶欲しいなぁ。
カミィ　引っ張って行かね。

正吉、しかたなくうなずく。

カミィ　本当な！

正　吉　ああ。

カミィ、木から離れ、座敷へ上がり急須にお茶をいれてくる。

正　吉　こうだろうと思ったぜ、まったく。早めに来てよかったよ。

カミィ　（笑顔で）さあ上がって、茶ぐぁでも飲んで、ゆっくりしなさいよ。お婆は話し相手がほしくて待っていたところさぁ。

正　吉　あのね、話し相手は施設に行くと…

カミィ　（さえぎって）話しはゆっくり聞くからね。黒砂糖《くるざあたあ》はどこにあたがや。

正　吉　クソ婆、あせると負けだ。時間はあるさ、腹くってかからないとな…

カミィ　（砂糖壺を持ってくる）さあ、鍋《なーびぬ》の底《すく》だよ。そう言っても今の若い者には分からないね。大きな鍋で黒砂糖《くるざあたあ》をつくるよね。その鍋の底の方の一番上等さあ、体にいいよう、いぇ、突っ立ってないで、こっち上がって、座って、食べて、どうね。

お茶を飲む正吉。

正　吉　ああ、おいしいねこれ、ハッハハ……。

降るような蝉の声。

カミィ、クバの茎の団扇で正吉をあおぐ。

カミィ　風もパタリと止んで、むしむしするさあ。今は若夏だというのに、空梅雨のあとだから、もう真夏、チルダイするよ。年寄がこんな日に外に出たら、目くらがんするよ。さあ、二才《にーせえ》、黒砂糖……

石油会社の正午を報せるサイレンの音。

正　吉　（時計を見て）もう昼か、あと四時間だな。

戦時中のサイレンに変わる。

カミィ　スパイなんかじゃない、助けてください！　栄三、栄三……（カミィ、耳を押さえて立ち上がる）

正　吉　（驚いて）婆さん！

カミィ　大丈夫、大丈夫……。

正　吉　何のことだよ、スパイとか栄三とか。

カミィ　戦時中スパイ扱いされて殺された栄三のことさ。この赤い梯梧とサイレンの音は弟の栄三を思いだすんだよ。

正　吉　何だ、戦争中の話しか。

カミィ　…あの時も、吾んや梯梧の花を見ていた……台所の方で音がするので、見てみると、弟の栄三、食いものを寄越せというんだ。銀ぬ岩《なんじゃ》に敵の兵隊が傷ついて隠れてるのをみつけたってね。前の日、グラマンが東の海に落ちよったからね……

正　吉　へえ、こんな島で、そんなことあったの。

カミィ　若い兵隊で可哀想に気が狂わんばかりにふるえて、何も食べていないから体も衰弱して、すてておけば死んでしまう、届け出ても殺されてしまうから助けてやるっていうんだ。

正　吉　ひでえ時代だ！

カミィ　私はびっくりして、待て栄三、おまえは、ハワイ帰りというだけで島の巡査ぐゎに目を付けられているのに、島の人に見つかったら大丈夫ね？　裏では、おまえのことを何と言っているか知っているか？　「ハワイ帰りはスパイだ」と……それを知っていておまえは……そうしたら栄三は、「日本が負けるのは時間の問題だよ。沖縄の空も海も連合軍に完全に握られている」「そうなったら、島の人は皆殺しされるんじゃないね」「アメリカはそんなことはしない。ハワイに行ってた俺が一番よく知ってる」そう言って食べ物を持ってとび出していった。見つかったら栄三はきっと殺される「栄三！　栄三！」

正　吉　おい　またかよ。婆さんどうしたらいいんだよ。

パイルの音、不気味に大きく。舞台暗くなる。

カミィ　ああ……ウウ……穴を掘る音がきこえてくるよ……ウウ……

巡査の声　穴は掘りおわったか。…いいかみんな、我々沖縄県民全体にスパイの謙疑がかけられている折、こいつはスパイ行為をした。このことが軍部に知れたらどうなると思う。それみたことか、沖縄県民は全部スパイだ。処罰しろということになりかねん。よって、我々だけで内密に処理をする、いいか。皆、順番に全員で処罰する。いいか。

カミィ　助けてくみそうり！　栄三は何んにも知らない。スパイなんかじゃない！

巡査の声　売国奴！　我々は栄三と敵の兵隊が一緒のところを捕獲したのだ。それともおまえもスパイの一味か……さあ、この銃剣をしっかりと握って、何をふるえているんだ！　相手は人間じゃない。売国奴だ！　スパイだ！　行け！

カミィ　ちがう、ちがうよ！　栄三！

パイルの音。倒れるカミィ。舞台、明るくなる。

カミィ　止《と》みれ！　にいさん止みてくーわ。頭がガンガンするさあ。

正吉　大丈夫、おばあ？

カミィ　ああ、しむさ、しむさ。

正吉　お婆、こんなとこにいるからいつもつらいこと思いだすんじゃないの、こんな事くり返していたら、本当に気が狂っちゃうよ（お茶をいれて、湯呑をカミィに渡す）

カミィ　（ごくりと飲んで）にへえどう、にいさん。（梯梧の花びらを見せて）この梯梧の花の赤いのは、弟の栄三の血の色なんだよ。

正吉　やっぱりここを出た方がいいんじゃない。血の色だなんて、梯梧はどこでも赤いさ、裏の島の梯梧だってそうだよ。あの音はね、裏の島でも埋立て工事するから、お墓こわしてパイルを打っている音だよ。

カミィ　恐ろしいことを。お墓を壊したら罰が当たるよ。

正吉　罰？

カミィ　くぬ島を見てごらん。吾んが言うことを聞かないで、お墓をどんどん壊していったら、みんな島に居れなくなって出ていったさあ、吾ぁ子、松男をみなさい、罰が当たって死んだよ。

正吉　罰、そうじゃなくて……あれは事故でしょう。

カミィ　いや、神、御元祖《うがんす》のたたりだよ。

正吉　たたり？　こりゃだめだ。

カミィ　裏の島でもきっと何か起こるよ……ウートウト、ウートウ

正吉　気味悪い話は止めてくれよ。荷物は？

カミィ　そこの縁側…

正吉　この風呂敷包み

カミィ　その二つ《たーち》。

正吉　婆さん、じゃ、そろそろ行くか。

カミィ　あいあい、待てえ待てえ！（大声で）盗人《ぬする》どー盗人《ぬする》ど……やな童や、（息荒く）他人の荷物に勝手にさわらないよう。いいねぇにいさん。役場の二才《にいせえ》は泥棒

して歩きよったようして、ふれて回るよう。
正　吉　わかったよ！………（カミィ包みをうばい取る）もう少しだったんだがな……
いっそう暑さを感じさせる蝉の声。
カミィ、団扇をハタハタとはたく。
カミィ　はあ、暑さんやあにいさん……（お茶を注ぐ）さあ、茶ぐあでも飲みなさい。
正　吉　はい、いただきます。
カミィ　なまどー、今のように年寄の言うことは、はいっと言ってすぐ聞きなさいよう、にいさんは吾んから見たら孫《んまが》。また孫みたいなもんだよ。
クバ団扇であおいでやる。
カミィ　どうねぇ、少しは風《かじ》ぐぁが当たるかねえ。
正　吉　ありがとう、涼しいよ。わるいね。

カミィ　（お茶を飲んで）お婆は、一人で朝から晩まで、ここにこうして座って海を見ながら茶を飲んで暮らしているからねえ。島にはお婆一人だからねえ。たまに人が訪ねて来たと思ったら、石油会社の人か、お前たち役場吏員、話すことは、いつも決まっている。施設に入りなさい。いやだ、入ってください、いぇならんど、そんなことをくり返して……

正　吉　おばあさんのことを心配しているからだよ。お婆、急病になったら誰が助けてくれるんだ？

カミィ　その時《とち》や、その時《とち》やさ。

海鳥が家の中に入って来て鳴く。

カミィ　あい、（恐れて）海の鳥が……ウートウトゥ、ウートウトゥ、物《むぬ》知らしやさ……ぬうぬうちげ知らしやいびいがや

正　吉　つかまえようか？

カミィ　（厳しく）やめなさい！　神様のお使いにさわったらいけない（正吉ビクッとし

て手を下し、カミィのいうとおりに）ゆっくり、ゆっくりよ。シッシッシッ……

はい、そっちにまわって……シッシッー

正吉は鳥を追い払う。外に飛び出していく海鳥。

正　吉　カモメだろう。あれが神様の使い？

カミィ　やんどう。海で死んだ人達のお使いなんだよ。

正　吉　もう海で死ぬ人はいませんよ。海中道路ができて離島苦解消。便利になったね。

カミィ　あの鳥、くぬ島から我んねえ行じていくなんでぃる告げ知らしやがやあ。

正　吉　えっ！　お婆さん、その鳥なんだけどさ、インコとかオウムとか、いろいろな鳥を飼っている人が施設にいるんだよ。何を飼っても自由なんだよ。それに冷房完備だから涼しいよ。

カミィ　ゆくしむにいいし、嘘さあ。夏に冷たいのは井戸の水だけやさ。

正　吉　少しは信用してくれよ。テレビだって各部屋に一台づつあるんだよ

カミィ　テレビな？

正　吉　沖縄芝居も、島唄も見られるよ。ビデオまであるんだから。

カミィ　この前来たにいさんは、テレビはあると言ったが、沖縄芝居の話しなかったよう。面白《うむさ》んどう。沖縄芝居や。

正　吉　お婆は芝居が好きなのか。

カミィ　昔ぃこの島にも芝居小屋があってさあ、一座が来ると必ず見に行ったさあ、今石油タンクが座っているところによ、舞台だけに屋根があって、見物席には屋根はないさ、星ぐぁを見ながら芝居を見たよ。雨が降っても帰らん、びしょぬれで見ていたよ。孫を連れて毎日通ったよ。「泊阿嘉」「薬師堂」「伊江島ハンドー小」悲しくてね、何回見ても涙が出てね、泣いておもしろかったよ。芝居ばかり見るから島の人はカミィお婆は、芝居人になったらどうねーとよく言われたよ。センスルーの「スーヤーぬパーパー」は本当に面白かったさあ。にいさんも見たことある？「スーヤーぬパーパー」

正　吉　知らん。

カミィ　スーヤーというのはね塩を作るところ、パーパーというのはお婆さんのこと、

正　吉　言いどうんせえ、ゆんたくお婆の道中記さ……言ってもわからないね。とう、あんせえ、今日や吾んが気張ってぃ見しいさあ。
カミィ　ええ！？　じゃあ、まあ……神がかりの次は芝居かよ。ユニークだよ、まったく。
正　吉　（カミィ立って用意）いえ、手ぐぁ打て手ぐぁ！
カミィ　（拍手して）いよっ、待ってました大統領！

カミィ「スーヤーぬパーパー」演じ……終わって

正　吉　若さる時ねえ上手やたしが、声もね、うぐいすみたいにヒョロヒョロ−って出よったがね。年とって、もう声も左へさあらない
カミィ　グーだよグー。なかなかの役者だ。施設の演芸大会の主役は決まりだ！施設にはね……
正　吉　さあ、にいさん、とうとうくりなみれ、なめなさい。
カミィ　ステージのある広間があってね。（カミィ黒糖のついた箸を正吉の口に突っ込む）

カミィ　清明茶《しーみーちゃー》と黒砂糖は体にいいからね、根気《くんち》が出るよ、本当に元気が出るよ。
正　吉　婆さん、食べ物は不自由していないかね？
カミィ　食べるものな？
正　吉　そう、婆さん島から一歩もでないしさ、食料を届ける人もいないだろう。
カミィ　（笑って）心配ないさあ、ソテツを食って生きてきたんだもん。自給自足。
正　吉　今時！？
カミィ　石油会社の金網の端に、お婆は唐芋も野菜ぐあも植えてあるさ。それに海があるむん。干潮になったら、くぼみで魚を拾うさ。昨日も、こんな大きなタマンが、窪みぐぁでパタパタしていたから、こうして手でかっちかんだら、ヒレにさされて、まだピリピリするさあ。
正　吉　油くさいだろう？
カミィ　鼻も年とっているから、分からんさあ。
正　吉　そんなの食べて、大丈夫かな。
カミィ　まだ残っているよう。一人で食べきれないさあ、兄さんもどうねえ？
正　吉　オレは……

カミィ　にいさんは、この海で釣った魚は食べてないのね？
正　吉　……ここの魚、食う奴はいないよ。
カミィ　やっぱり体に悪いかねえにいさん。
正　吉　そりゃ悪いよ。もれた油を中和するのに薬をジャンジャンまくだろ。ドクだよ？
カミィ　（お茶をゴクッと飲んで）にいさんは、年はいくつかねえ？
正　吉　二四歳。
カミィ　ずっと役場の仕事な？
正　吉　いや、本土へ行っていた。
カミィ　大和《やまと》で何していたか？
正　吉　何って、みんな行くだろう。本土就職。婆さん知っているだろう。世界の電気山下電器というコマーシャル。
カミィ　わからんしが大会社《まぎくわいしや》や
正　吉　そう、その大会社の子会社の、そのまた子会社、大阪にあってさあ。
カミィ　大会社ぬ子会社ぬそのまた子会社、子会社ぬ、いくちまでやたが？

正　吉　ひとつ多いよ。
カミィ　あんし、その子会社や面白《んむさ》み？
正　吉　まあな、そういえば、始めは職場に慣れようと思って必死だったよ。こっちから話しかけるんだけど、クスッて笑いやがんの。こっちは一生懸命話しかけてんのに、何で笑ってんのかわからねえんだよ。
カミィ　それで
正　吉　何日かして「おはようございます、よろしくお願いしまあす」ってあいさつしたら「ここは大阪やで、お早うさん、よろしゅうおたのみ申しますや」そうか大阪弁使えばいいのか、よっしゃやったるでえ。ところが、又クスッ、こっちが心開いて必死に話しかけてるのに、都会者は冷てえなあって思ったよ。沖縄からもう一人政広ってのが一緒だったんだけど、二人でカンカンにいじけちまってよ。でもまあ、いつまでいじけてても始まんない。ここはひとつケツまくって笑われようがかまやしねえ。わざとなまり丸出しで話してやれってよ「アギジャビヨー！」なんてやってたらよ、これが段々とけこめてって……けっこう可愛がってもらえるようになってね。……ところが政広

カミィ　の方はダメ。その内プイッと逃げ出しちまってよ、それっきり……
正　吉　アギヨーナー
カミィ　そりゃ笑うよ、大阪弁と標準語とごっちゃで沖縄訛りでしゃべるんだからよ。
正　吉　大和口ん、いろいろあっさやあ。
カミィ　一年くらいしてその政広がたずねてきたんだよ。ピッカピカのオートバイまたがってよ、ビシッとかっこう決めてよ「エー、正吉がんじゅうやてぃ」田舎者丸出し。結局ウチナーンチュばっかりの工事現場にもぐり込んでやがんの。
正　吉　にいさんも飛び出して帰って来た？
カミィ　違うよ。オレは政広みたいに逃げ出したりするかよ。毎月仕送りしてさ、お母あが、助かった助かったって手紙よこすと、俺、急に大人なったみたいで嬉しくてよ、夢中になって働いたぜ。残業残業で金ためたなー。本土はいいよ。働きゃ働くだけ金になる。能力と努力がちゃんとものをいうからな。その点沖縄は…こんなとこでくすぶってたら、若者の未来なんかないね。
正　吉　親孝行せえさやあ、何で帰ってきた？

正　吉　色々あったからさあ。かまわないでくれよ、オレのことなんか。
カミィ　わったあ孫は帰って来ないよ。
正　吉　孫？　だって婆さん身寄りがないんだろう。
カミィ　いるさあ、にいさんと同じ歳の、会わなかったかねえ？
正　吉　大阪にいるの？
カミィ　東京に。
正　吉　本土は広いんだよ。東京にもいた。
カミィ　どうして？
正　吉　いや、まあ、大阪とび出して……
カミィ　会社やめて？
正　吉　いいじゃない、若いからバカなことだってするさ。
カミィ　つらいことでもあったね？
正　吉　まあな、お決まりのコースさ。
カミィ　どんなことね、言ってごらん。心が休まるよ。
正　吉　若気のいたりって奴。

カミィ　ああ、恋わずらい。
正　吉　そんなとこ。
カミィ　大和女《やまといなぐ》？
正　吉　ああ、
カミィ　美ら女な？
正　吉　まあね、踊りがうまくってね、何着てもかっこが決まってよ、ディスコの人
　　　　気のマトだよ。
カミィ　デ……何ねそれ。
正　吉　若い連中の踊り場だよ。
カミィ　へえ、にいさん踊れるねえ。
正　吉　ん？　やってみようか、さっきのお返しに、イェーッ

音楽に合わせて、マイケル・ジャクソンよろしく。カミィも手でカチャーシーを。

カミィ　おもしろいさあ、上手さあにいさん

正　吉　そりゃ金つぎこんだんだからな。
カミィ　毛《もう》あしびみたいだね、それで、その娘に夜ばいかけたね。
正　吉　そんなことしねえよ。
カミィ　じゃ片思い。
正　吉　いや一ヶ月ほど一緒にいたよ。
カミィ　それじゃ夜ばいと同じさ、結婚する前にたっくぁったんだから。
正　吉　そうか、そりゃそうだな、はっはは
カミィ　今も昔もかわらないね。その娘とはうまくいかなかった?
正　吉　あの頃は、俺なんか田舎者でウブで世間知らずで、あいつらについていけなかっただけさ。
カミィ　どういうことね。
正　吉　残業残業で夢中になって働いて金ためて……だけど体はボロボロだよ……だんだん、こんなままでいいのかって思いはじめて、そんな時だよ、政広がオートバイでやってきたのは。二人で色々遊びまわったな。夜の盛り場、ストリップ、競馬、ディスコ。俺もオートバイ乗るようになってよ。かっこう決

めてナンパだよ、俺はもてたぞ。

カミィ　まじめな者が一度くずれたら、ちゃあくずれだからね。

正吉　そんな時、ディスコであの娘と踊ったんだ。俺が沖縄の田舎者ってわかってもよ「へえーいいな、あの澄んだ海で泳いでみたい、行きたい」眼をキラキラさせて踊るんだ、オレ、夢中になっちまって……他にも男がいるっていうのは聞いていたんだ、だからシャクでさ、他の男んとこ行かないように、毎日金使って遊びに連れてまわったんだ……オレは、一緒になると思った。だけどよ、金の切れ目でチョンだよ。いきつけのディスコに顔も出さないようになって、それでオレは探しまわった。そして酔っ払って男とイチャついてるところに、バッタリ出くわした。あいつは「私はあんたの女じゃないのよ。私は私よ。マジになんないでよ。プレイ、プレイよ、（女をなぐる正吉）気がついたら、オレはその娘をなぐりとばしてた。

カミィ　肝苦《ちむぐり》さやあ。

正吉　まあ、いい勉強させてもらったよ。田舎もの卒業だよ。それから会社のオヤジと喧嘩してなぐっちまうし……東京行くまでの間いろんなバイトしたな。

カミィ　政広の現場もぐり込んで……俺がとび出して運送屋行くと政広もついてくる、政広が牛丼屋にいると俺もそこへ行く、二人でつるんで、土方、スーパー、ガソリンスタンド……かせいでは二人でオートバイをころがしてたよ。

正吉　転んで東京まで行ったかあ？

カミィ　このままじゃダメになると思ってさ、何か夢中になって生きてみたくてな……

正吉　苦労したね。

カミィ　おっと、のせられちまったぜ……お婆は見合い結婚か？

正吉　いや、大恋愛。

カミィ　想像つかねえな……

正吉　お婆の若いころはもてたよ、袖引いちゃあがいっぱいいてね。お婆の若いころの話し聞くか？

カミィ　ああ。

　　櫓をこぐ音。

カミィ　月夜の晩、吾んや十五、あん人は十九。家の中で眠っていたはずの吾んや、気がついたら海の風、海のかばしや〔香り〕　「ハッハハ……、びっくりしたかカミィ」吾んが黙っていたら、あん人や「カミィ、海はきらいか」

櫓をこぐ音。止まる。

カミィ　「海はいいぞ。」あん人はそう言いながら、大きな腕で力いっぱい抱きしめてきた。苦しくて苦しくて……吾ん顔に、あん人の吐く息があたって潮の匂いやたん……五里の頃からの海人《うみんちゅ》やぐと……「カミィ、いい腰しちょうさ、丈夫な赤ん子《ぐゎ》の沢山できる体だあ」あん人は、自分の着ていたものを脱ぎ捨てて、吾んが着ているものをとろうとした。「はじかさん」

海に落ちる音。

カミィ　「カミィー　カミィ！………！」「にいさん！　タルーにいさん……」二人
　　は浜まで泳いで、そこで吾んは、あん人のものになった。

　　「月ぬかいしや」をうたうカミィ。
　　月ぬ美《かい》しゃや　十日三日《とうかみいか》
　　美童《みやらび》　美《かい》しゃや　十七《とうなな》つ
　　（囃子）ホーイ　チョーガ

正　吉　うらやましいや、お婆しあわせそうな顔して。
カミィ　そうさ、毎日毎日がしあわせだった。
正　吉　オレなんか何やったってついてなかったよな。
カミィ　東京へ出てどうしたね。
正　吉　手に職つけるかってんで今度はラーメン屋だ。お得意さんにボクシングジム
　　があってね、出前もっていってはながめてたんだ。汗をふりしぼって、たえ
　　てたえて夢中でみな生きている、それ見てたら無性にボクシングがやってみ

たくなって、そのジムに入門しちまった。それで昼はラーメン屋。夜はジム通い。夢中になってトレーニングしたぜ。

ジムの音。
トレーニングする正吉。走り出す正吉。

正　吉　（ふらふらになる。立ち上がって）人前に出てあがらないために、人通りの多いところを選んで走った。バス停の人の前でパンチ、皆バカにしたように無表情で見てやがる。そうだ、こいつらは敵だ、ぶっ倒せ、殺せ、死ね……オレは強いんだ、勝つ、勝つ、強い、オレは強い！　何も考えず夢中だった。そしてプロのライセンスを手にしたのだ。初めての試合だ。俺はもえたぜ！
（準備運動する）

ゴングの音。
打ち合う正吉。歓声。野次。

110

ノックアウトされる正吉　くずれおちて。

青春は夢ものがたり
思い出をつくり
愛を育てる

まぶしい街よ
青春の街よ
まぶしい夢よ
奏でる夢よ

青春はきずだらけ
思いではこわれ
愛は裂かれる

まぶしい街よ
青春の街よ
まぶしい夢よ
奏でる夢よ

正　吉　負けちゃったの、ついてねえんだよな。そいつは新人王になった奴でよ。俺はもえ尽きちまったぜヘヘヘ……また、オートバイころがしてたよ。サツに止められたこともあったな。

カミィ　にいさんも苦労したんだね、どうりでにいさんの顔はチョットおかしいさ、鼻も少し…

正　古　顔やられるほどやってねえよ。

カミィ　ハッハ……でも、にいさんは、なぐってばかりいるね、今度はこの年寄りなぐりにきたね？

正　吉　そんな……あれは……はずみで……

カミィ　ハハハ……可愛いいよその顔。

正　吉　かなわねえや……

カミィ　（話題を変えて）役場の仕事は面白いね？

正　吉　お婆さんにいじめられているのに面白いはずないさあ。

カミィ　ハッハ……お婆は、ウガンス持ち、位牌持ちだからね、島からも、家からも離れないんだよ。生まれた時からそう決まっているさぁ、本当に一度も島から出たことはないよう。朝と晩のお茶とぅ、一日十五日《ちいたちじゅうぐにち》節日《しちび》節日のお祈り忙しいんだから。

正　吉　お祈りの時には島に来たらいいさあ、車で十分だし、係の人に連れて来てもらったらいい、オレ、話しておくよ。

カミィ　島を出たら、今度入るときは、石油会社の許可証がいるだろう？

正　吉　そんなのすぐ貰えるさあ、明日でもオレが貰ってくるよ。

カミィ　しむさ、しむさ、お祈りするのに許可証貰っていたら御先祖様に怒られるよ。

正　吉　お婆ちゃんのために、部屋には、仏壇まで作って待ってんだよ。な、お婆、オレと一緒に息子さんの除幕式だけでも出てくれないかな。息子さんの為にお願いします。
カミィ　あれも、親のいうことを聞かない子供だったよ。
正　吉　今日、除幕式にお婆ちゃんが出席することは、町中の人に知らせてあるんだ。それなのにお婆ちゃんが出席しないと、死んだ息子さんが可哀想だよ。
カミィ　あれのことはいいさ。
正　吉　息子さんが嫌いだったから？
カミィ　（かぶりをふって）腹を痛めた自分の子を可愛いと思わない親はいないよ。
正　吉　それなら、どうして？
カミィ　生まり島を売る奴は、人間じゃない。島を守るのが仕事やさ。子どもからでも島を守らなければ。
正　吉　息子さんは、亡くなってお婆さんのところへ戻って来たんだろう。
カミィ　罰あたってね。
正　吉　もう許してやってくださいよ。この通り、オレからもお願いするから。
カミィ　何で、他人のおまえが。
正　吉　さあ？　自分でも分からない。（笑う）

カミィ　にいさんも変わってる人だね。
正　吉　お婆さんの影響だ。

二人笑う。

カミィ　除幕式、何時からかね？
正　吉　四時から。
カミィ　（立ち上がって）ちょっと行ってみるかね。
正　吉　えっ！　本当かよ。
カミィ　お前が、いい二才《にいせえ》だから。
正　吉　お婆ちゃん、やったぜ、荷物は俺が持ってってやるからな。
カミィ　あい、海鳴りが……台風が来るよ。……（何か不安な思いでたっている）

海鳥の鳴き声が大きく。
「生まれ島」音楽が流れて……

2　海中道路

波の音。
カミィ、波を歩いて干瀬に上がり、島をながめ歌い出す。

だんじゅかりゆしや
いらでさしみせる
船や綱とぅりば
風やまとぅむ
サーサー　かりゆしかりゆし

カミィ　昔《んかし》え、旅に出る人を島中の人が、くぬ浜に出て、太鼓打っち、歌いし、航海ぬ安全を祈ったのに……今《なまー》、歌うたうん吾《わ》ん一人《ちゅい》、見送られんしん吾ん空に舞う海鳥の声。

正吉登場。正吉は風呂敷包みを手に持って、近くの岩の上に置く。

正　吉　カミィお婆、ゆっくり島と別れを惜しむといいよ。時間はまだあるからね。

カミィ　引き潮にないドゥンセー。あの本島まで渡れる海やたん、水も澄んで美ら海やたしが

正　吉　海中道路ができて潮の流れを堰き止めたせいだな。前より濁ったような。

カミィ　吾《ん》んや、くぬ浜んかいかんし立っちハワイ・ブラジル・ペルー・大和んかい出じて行じゆる、何人、いや何十人、何百人見送たがやあ。

正　吉　この海を、島の人は渡って出て行ったんだねえ。

カミィ　（連ね）

海ぬ道渡てぃ
幸せがやゆら

島人ぬ便り
風ゆ聞《ち》かし

正　吉　やっぱ、島を出るのつらいのかな。カミィお婆、施設の生活に慣れたら、島のこと忘れるさあ。
カミィ　……。
正　吉　お年寄りも多いし、島の人も多いよ。家族みたいに暮らしているんだ。カミィ婆さんが来たら、盛大な歓迎式をやるんだって、張り切っていたよ。
カミィ　島を離れた人たちが家族同様に暮らしている？　信じられないさ、吾んやてん、島を離れて何をするね。
正　吉　どうしてこんな島にこだわるのかな？
カミィ　くぬ島は生まり島さあ。島んぢ、赤ん坊ぐゎが生まれたら、吾あ子が生まりたんでぃ喜び、島人が死んだら、吾ぁ子が死んだと泣いた、島でおきたことは、どんな小さいことでも。吾ぁ胸ふかく止みてえーん。
正　吉　（さえぎって）行こうか、少し早目に着いたほうがいい。

カミィ　屋根の上の獅子《しーさー》よ、石垣の石敢当よ、吾ぁ家守ってぃくみそうりよ。島ぁちゃーないびーがや（座り込んで涙ぐむ）島人がいっしょにくらしたくて海中道路はかけたんですよ…

波の音。

正　吉　車だと本島まで十分だからな、便利になったよ。…お婆、大丈夫か？
カミィ　この道ができる前にも島中の人たちで本島に道を渡そうとした。
正　古　へえっ！　そんなことあったの？
カミィ　誰が言い出したのか、海の石を掘り起こし、それを重ねて本島まで海中道路を作ろうと…
正　吉　石を一つ一つ積んでいくの…できるわけねえよな。

石を掘りおこす音、音楽、活気に満ちて。

カミィ

島中の人が海に出た。オノやナタ、モッコをかついで……吾んや祈った。くぬ島を造てぃくみそうちゃる神様へ、お願《にげ》えでーびる。くぬ一ヶ月前くぬ海で島ぬ子《くわ》、孫《んまがん》ちゃーが、命《ぬち》失いびたん、海風ぬ強さむ船は海の底んかい持っち行かり、学校の先生から、島の産婆、赤ん子まで、二十人の命失いびたん。島の神様、二度とこのようなことがないよう、見守てぃくみそうり。ウートウト。

島の神加那志、見ておられますか。島人は、今、幸せになりたいと道をかけています。ハイヨー（石を運ぶ）とう、くれえ、ここでいい、ハイー（石をおく）……なに、吾んや、みんなの仕事ぶりを見ておくだけでいい？　あんしん、石一つでも、それだけ早く道ができるさ、吾んや、立っちうららんむん。島人のすることとは、吾んもしないと、小学生も頑張っているのに……そこの高校生、気張りよう、（島人の作業の声）しっかり持って、あんたが持っているこの石が、島の幸せと繁盛を築くんだよ……ハイシーハイシー、ウリウリ。あい、おじい気つけてちばりょ……はいひゃ、そこまでいけば二百メートルになるよ、二百メートル。あさばんどー海鳴りがして台風の音。舞台暗くなる。

海の風　さわさわと
歌の情け　さわさわと
くぬ島に　めんそうれ
ゆくてぃもーれ

いちぬ世ん
戦世ん
夢のぐうとぅに　さわさわと

でぃごの花　ひらひらと
踊いぬ美らさ　ひらひらと
くぬ島に　めんそうれ

ゆくていもーれ

いちぬ世ん

戦世ん

夢のぐうとぅ　ひらひらと

祈るカミィがシルエットでうかぶ
暴走族のオートバイ。

正　吉　おおやってんなイモが、バカ、もっとバン角かせげ、死ぬぜ、ヘタなスラロームしやがって。ここはスピード出すには最高だけど、オートバイころがすんなら山原よ、こんな直線でいきがりやがって、イモ！

カミィ　昔は、島は静かで、喧嘩もなかったのに。

正　吉　しょうがないさ、今や海中道路は、あの石油タンクとともに、沖縄の名所の一つ、観光公害だよ。

カミィ　仕事もしないで、ひとの島荒して、今ぬ童たぁや……
正　吉　若い者は仕事はないしさ、バイクころがしてないと、気が狂っちゃうんだよ、奴らどうせ軍用地料とか、親のスネをかじっているんだろ。だけど、遊んでられる奴らも、働かなきゃいけないオレにもろくな仕事はねえときてる。どうしろっていうんだチクショウ。
カミィ　座れ。
カミィ、正吉を座らせ、自分も座る。
カミィ　お婆も、肝《ちむ》わじわじしているよ、なんで、自分の島を出なければいけないかね。何のためにねえ、なんの?
海鳥が一羽、カミィの前にとまり鳴く。
正　吉　(カミィの後にかくれて)お婆、その鳥、さっきの鳥か。

カミィ　なんの知らしやいびいがや。
正　吉　お婆、何か背筋が寒くなってきたよ。
カミィ　アーウートウト、恐《うす》れいっといびいん、わかとんどう、（正吉に）にいさん、その風呂敷包みをとってちょうだい。木箱、ビンシーも（お祈りする）

海鳥、鳴きながら飛んでいく。

正　吉　時間がないよ。
カミィ　時間がない？
正　吉　除幕式もうすぐだよ、何するつもりなんだよ。（荷物をカミィの前に置く）
カミィ　吾んが行かないと始まらないさ。
正　吉　いやんなっちゃうな、この婆さん、先がよめねえんだから。はい。

カミィ、お祈りの用意をする。

カミィ　やっぱし、みんなの魂が漂っているんだねえ。（祈り始める）

正吉　そんな呑気なことやってないで、ねえお婆……

カミィ　（何かを感じ）海の風はおとうのかばしゃ（香り）おとうのにおい…おとう待っているさ、五〇年あまりも待っているのに、おとうのこと思うと、今でも体中が熱くなって、おとう！　……どうしてね、カミィひとり残して……。おとう、ナマ、マーヤガ（急に身ぶるいし、ウーッと叫んで伏す）

正吉　おいお婆、どうしたんだよ？

カミィ　（タルーの声で）ここは、まあやがどこだ！　吾あがん分からん、日んあたらん暗闇の海の底。あの日、あったに大風ぬふち荒りてぃ。カミィ、カミィ、カミィ早く、明がいんかい出《ん》ぢぶさん。カミィ、わんねえくようどカミィ、今帰るから、（カミィ気がつく）

正吉　びっくりしたぜ、ああよかった。今の、お婆の旦那さんかい？

カミィ　おとう島んかい、むどぅちくる下駄ぐわ、ほら、これ、新しいのにしたよ。（下駄を水の上におく音）これはいて島んかい戻てぃ来うよう。

正吉　もったいないことするなあ、新しい下駄を流すなんて。

カミィ　流れてゆくさあ、流れて……おとうはこの方向に迷っているんだねえ……

海鳥の鳴き声。

正　吉　海鳥が、流れてゆく下駄の上を飛んでいる！

海鳥の鳴き声。

カミィ　……
正　吉　何を黙っているの？
カミィ　松男の声が聞こえない、あの子は死んでも吾んを恨んでいるのかなあ、松男はね、これからはアメリカーだ、金がものいう時代だといってさっさと島を出ていってね。沖縄近海には、日本軍や、アメリカーの飛行機や船が、ゴロゴロ沈んでいたさあ、それを引揚げる潜水の仕事さあ、アメリカーが、あっちこっちで戦争を始めるから、スクラップはもうかっていつのまにか会社《くわいしや》の社長《さちょう》になっていたさあ。ある日、海陸両用の舟艇《しゅうてい》を島へ持ってきて、島人をびっくりさせたさあ。その舟艇は、引き潮のときだけ、本島に島人を運んだよう。ずいぶん島人に感謝されてねえ『カミィお婆は、果報なものや、息子ができとーるむん』と言われてよ、嬉しかったさあ。……松男、おまえは琉米親善、琉米親善と言って、石油会社の話もってきた。島に石油タンクを誘致すれば、石油会社に海中道路をつくらせることができると……吾んや反対ど、ご先祖様からいただいたこの島を石油タンクの島にするのは吾んね許さん！　お母の言うことも聞かないで島人をそのかし島を売ってあるく。なさけない！　吾んやあの時、こうなることがわかっていたから反対したんだよ。

—海鳴り。大風の音。ガンガンと雨戸をたたく音。夜。

仁王の声　カミィ、カミィ、開きれ、開きれー

カミィ　誰が？　誰がや（雨戸を開ける。吹き込む風）仁王主

仁王の声　お前が反対しているから嫁が死んだ。
カミィ　ぬうぬくとぅか、意味がわからん。
仁王の声　道ができていたら、わしの嫁は死ななくてすんだんだ。お腹の赤ん坊助かったのに……殺ちゃせえヤーやさ　殺ちゃせえヤーやさ！
（くずれおちるカミィ）

音楽が流れて―
祈るカミィが浮かび上がる。

カミィ　見てごらん、お前が一生懸命つくったこの海中道路、それを渡って、島の人は皆、この島から出て行ったんだよ。お前がそう仕向けたんだよ。
正　吉　死んだ松男さん責めるのはやめてくれよ。この島では男が働ける仕事はないよ。みんな海を渡って本島に仕事に行っていたし、高校生だって本島に下宿していた。海中道路ができたら、皆島へ戻ってきて、島から仕事にも学校にも行けるって考えるよ。石油会社は、その道を造ってくれた、それだけじゃ

カミィ　ない、町の財政の大半は石油会社から出てるんだ。童がぬうわかいが、だあ道ができて島が石油タンクばっかりになって人が追い出されたさあ。
正　吉　この沖縄は失業者がウヨウヨしてるんだ、オレのような若い者が、一人でも二人でも仕事をさせてくれる企業なら、なんでもいいんだよ。この沖縄では。
カミィ　島を売ってもな？
正　吉　そう、新しい島をつくればいいだろ。世の中どんどん変わっていくよ。そいつに合わせられなきゃとりのこされて生きていけないよ。島だって変わっていかなきゃ。
カミィ　違う。島には、ご先祖様の血が流れている。助け合ってきた島人の魂があるさ、梯梧の木にも石垣にも屋根瓦にも……それ壊して何が新しい島か。
正　吉　死んだもののことよりこれから生きてく俺たちのことだよ。
カミィ　お前は何で沖縄に戻ってきた？
正　吉　それは……親兄弟がいるしさ……だけどずっと居るつもりはねえよ。
カミィ　居るつもりはない？

正　吉　俺だってマシな仕事がありゃ沖縄にいるよ。何もねえじゃねえか。
カミィ　どうして今すぐ出ていかない？
正　吉　いくあてがないし、何していいのかわからないし……。
カミィ　仕方がないから役場吏員な？
正　吉　ああ、少しは町のために頑張ろうと思ってさ。
カミィ　何のために？
正　吉　何のため？　町のためさ。
カミィ　島から吾んを追い出すことが町のためね。
正　吉　ああ、仕事だもん、一生懸命やるさ、お婆のためだし……。
カミィ　沖縄は全部アメリカ軍の基地と石油タンクにするから全員大和に移りなさいと言われたら、おまえは追い出し役をするね？
正　吉　……
カミィ　海中道路を作ったり、島人を追い出したりする化物は後ろにいてすがたを見せない。松男やおまえみたいなのが手先になって、
正　吉　オレは手先なんかじゃないよ。

カミィ　おまえは、わしの松男と同じ。松男よ、おまえの魂はここに止まっているんだね。はずかしくて出て来れんね。お前は、お前の作ったこの海中道路を車でわたっていて車ごと海に落ちて死んだ。罰が当たったんだよ。わかるね松男。

正吉　え！　この海中道路で事故ったの。

カミィ　ああ、ちょうどこの辺りさ。

正吉　ここで！　ここで死んだ！

オートバイが通過する。それがパトカーと追っかけっこする状況にオーバーラップして、正吉オートバイで走る。

正吉　「政広こっちだ！」（カーブする）こっちはオートバイだ。路地へ入りゃパトカーは入ってこれない。遠回りしているうちにパトカーの後ろに回って（バイクの音とクラクション）今度はスピンターンだ。「ざまあみろ」こわいものなんて何もなかった。「政広左へ行くぞ」カーブしようとしたら、人だ！　避けた俺に政広が突っ込んだ（事故音、飛ばされる正吉　這い寄りながら）「政広大丈夫か」（政広のそばにくる）政広は身動きできねえで血だらけのくせにヘラヘラ笑いながら「あっさよー、どじったなー、ワンネーダメかな」バカヤロー弱音吐くな（政広を抱き起す）メットなんか形もねえ。頭も顔も血だらけだ。地面にどんどん流れてやがる。政広は「ああ海が見たいな、ウチナーンかい帰えぶさん正吉よ」政広、政広……（政広をだきながら）政広よ、店もつ夢はどうするんだよ。バンナイ銭もうきてぃウチナーンかい戻《むどう》てぃ店出すんだろ。イエー、ヤがないさ。ヤがないさ政広。バカヤロー、こんなことでくたばってどうするんだよ。何のために沖縄から出て来たんだよ。バカヤロー！

……

―音楽流れて―

歌が終わって祈るカミィと考え込んでる正吉が浮かぶ。

カミィは靴を持って岩から海へ下りる。

海鳥の声。

正　吉　鳥だ！

カミィ　松男よ、（靴を海に流して）親不孝のお前でも吾《わ》あ産《な》し子《ぐゎ》。新しいピカピカの靴を持ってきたよ。松男。

正　吉　潮の流れが止まってる。

カミィ　靴が流れない、松男、思い残してることがあさや。ぬうが、松男、お前の娘、吾あ孫のことは、お母が引き受けるからね。……孫はきっと島に戻ってくるよ。吾あ懐んかい戻てぃちゅうさ。

正　吉　あっ、靴が流れる。

カミィ　流れていく、島の方に。

―鳥の声―

正　吉　また来たよ、カミィ婆さん、さっきのとはちがうみたい。

カミィ　加那！　長男の加那だね。

お前は子供のときに足に大けがをして歩くのも不自由で海にも行けない。畑仕事はお母がやった。島の裏側の段々畑に毎日行った。夕方畑仕事を終えるとおまえが迎えに来てくれてなあ、加那！　足をひきずって、ひきずって、うねうねと曲がった石畳の細い坂道を登って来てよう。加那！　よくきたね、はい少し休もうね。ハンタで、沖縄本島に沈む夕日を二人で眺めたねえ。この島は入り江のまん中にあるから、西を見ると、湾内のことは、何でもよく見える。春はやさしく明るい色をしている。夏は目《みー》くらがいするほどにギラギラ光っている。秋は波の形があざやかに見える。冬は、白い、さざ波が立っている。東を見ると、島ひとつない広い海さあ……。さあ、帰るか、お前と二人で坂道を下りてくると、あっちの毛《もう》、こっちの原っぱから三線《さんしん》が聞こえてくる……お前は下をうつ向いて黙って歩く……同じ年頃の二才《にいせえ》（青年）たあが、美童と、歌ったり踊ったり、語らいぐゎしているのによ…防衛隊お前が戦争にとられた、防衛隊によ。お母は役場に走っていった。足が不自由で役にたたない人間を弾よけにするつもりですか。肝苦りさむ加那。お前はどこに居るかね。戦場の南部の村々、林の中、ガマの中、畑の中、海岸という海岸、お母は探して歩いたよう。その時だけさ、島をでたのは。お前も摩文仁で追いつめられて皆と一緒にとび込んだのか。

―着物を海に流す―

カミィ　お前がおっ母を迎えに来るとき、いつも来ていたバサーの着物持って来たよ。ほら、ちゃんと着替えるんだよ。

海鳥の声

祈るカミィ

正　吉　海鳥が着物のはしをくわえてる！

―海鳥の声―

祈るカミィ　何かに気付き眼を上げると、眼の前の正吉が加那に見える。

カミィ　加那！　加那だね、かなし産《な》しぐゎ

カミィは正吉をだく。正吉なすがままにさせ

カミィ　ぬーやが？　とぅ言っちまあみ……そうね、雨のようにふってくる弾の中を逃げ回ったのね。……足は大丈夫か？　……エッ！　眼が見えない！……それでシマをさがして迷っていたのか。吾ぁ産し子、加那よ！

カミィは正吉をだきしめる。正吉はカミィのなすままにしている。暴走族の指笛や喚声。奇声とともに梯梧の木が投げられる。

正　吉　梯梧の枝だ……あいつら、婆さんとこの木を切ってきたな。（道路の方へ上がって）バカヤロー。

カミィ　（梯梧の木を拾って）あきような栄三、切りきざまれて、苦ちさらやあ。

（連ね）
島人ぬ命ど
育てたる梯梧
海ぬ色染めて
知らちたぼり

カミィ、梯梧の木を海に流す。

正　吉　花ビラが散って、梯梧が血を流しているみたいだ。

ブクブクと音をたてて流れが速くなっている。
爆竹の音大きく。

正　吉　ばあさんよー、始まっちゃったよ。時間だよー時間。
カミィ　時間？　なんの時間ね。

正　吉　除幕式。ほら、爆竹の音が聞こえるだろう。

カミィ　はっはは、除幕式はいいよ、やりたい人にしみれえ、それより見て、加那のバサージンが島の方に、ハッサ、あんなに急いで流れていくよ。お父う、加那ー、松男、吾んやこの島から出じてぃいかんどね。

正　吉　お婆！

カミィ　吾んや島で一人で待っているさ。孫の帰ってくるむん。

正　吉　タンクが爆発したら助からないよ、あの島じゃ。

カミィ　石油タンクの爆発ぐらいで吾んや死なん。（二人笑う）吾んが島を出たら、何のための海中道路か分からないからね。

打ち上げられる花火。

正　吉　これで役場もパアか、かまやしねえやチクショー。お婆よ……家まで送るか。

カミィ　ハハハ……車はいらないよう、歩いて帰るから。ははは……イェ、見てごらん、吾あ生れ島……美ら島やさ。

花火が打ち上げられ、島を見つめる二人。
鳥の鳴き声。波の音。

生まれ島離れ　街方に暮らち
まりぬ島戻い　かにん嬉しや

今日や行じ見だ
故郷の　生まれ島

いかな街方ぬ　都またやてぃん
故郷にまさる　むぬやねさみ

今日や行じ見だ
故郷ぬ　生まれ島

命《ぬち》口説

配役

比嘉得助

三味線　照喜名朝一

激しい戦闘機の離着陸の音。
その音にあらがうように三味線の音が聞こえ、やがて、はっきりと歌声も聞こえてくる。

得助　汗水《あしみず》ゆ流ち　働ちゅる人ぬ
心嬉《くくるうり》しさや　他《ゆす》ぬ知ゆみ　他ぬ知ゆみ
ユイヤサーサ　他ぬ知ゆみ
スラヨースラ働かな

一日に一厘《ぐんじゅ》　百日に五貫《ぐくわん》
守てぃすくなゆみ　昔言葉《んかしくとうば》昔言葉
ユイヤサーサ昔言葉
スラヨースラ働かな

注・(汗水節。作詞仲本稔　作曲宮良長包　戦前、勤労の主旨で新聞が公募したもの

の当選作。沖縄では、最も知られている愛唱歌。民謡の中に位置付けられる）

得助　〈汗水流して働く人の心の嬉しさは、他人《ひと》にはわかるまい〉……この歌を歌っていると、吾《わ》んまでん、わしまでも、汗水流して働いたようないい気分になる。これを歌中毒という。ヘッヘヘ……それにこれこれ……（盃に酒を注いで）吾《わ》ぁ同志《どうし》、わが友、酒小《さきぐわ》泡盛……（ゴクッと飲む）うめえ……（のどがなる）あーあ、天国じゃ天国、他人《ひと》はわしを泡盛中毒と言う。そんなことどうでもいいさ。酒は命のもとよ。歌は命の口説よ。わしには歌と泡盛があれば天国さ。そう、ここはわしの天国。わしの土地。ここではわしが御主加那志《うしゅがなし》。王様だ。ハッハハ……。昔《んかし》この丘は黄金の丘。さとうきびの畑がずうとずうと向こうの海まで続いていて、秋になると、背丈までのびた白い穂が、日差しを浴びてキラキラと光っていた。わしたち村の者《もん》は、いくつかの組に分かれて、ユイマール、共同作業さぁ、昨日は隣り、今日はわしの畑という具合にな、村ぢゅうが助け合って仕事をしていたな。

三味線（明るく）

得　助　海から吹いてくる風が冷たいから、みんな手ぬぐいで頬かぶりしてな、きび倒しの前に、まず畑の隅から隅へ棒切れで、バチャバチャバチャバチャ、きびの葉や地面をたたいて、ハブの追い出しさあ。棒の音に飛び出してくるのはチュウチュウチュウチュウとねずみの大群。娘たちもキャアキャア大声あげてよ。わしたち男は、ほら、ねずみだ、ハブだと、女たちをからかってなぁ。そんなだから一束○○貫もあるきびをかつぐ仕事もつらいとは思わなかった。きび倒しのあとは、畑に車座になってお祝いさ。泡盛を飲んで、三味線弾いて、歌を歌い、踊った。わぁ妻《とうじ》、妻のカマドも踊り上手でな、わしの歌に合わせて、よっく踊ったものさぁ。

三味線突如止む。

得　助　畑を！　わしの畑をですか、国家のため、天皇陛下のために差し出せとおっしゃるのですか、どうしてわしの畑を…… 飛行場？ なんでここに飛行場つくる意味があるかね……命令？ わしの畑ですよ、ここは……

爆音

得助 ここは今、コンクリートの飛行場。アメリカの怪獣を飼っている動物園。みてごらんよ、コンドルのようにくちばしのとがった奴。ワニみたいに頭からお腹までずんどうの奴、ライオンさながら、朝から晩までほえている奴……そう、わしは動物園の案内人、ガイドやさ。おお、来た来た。北から来た観光客。（大声で）おーいこちらですよこちら、こちらへどうぞどうぞ。くまんかい、めんそーれー。

観光客のざわめき

得助 さあ、ここへ、その高いところへどうぞ。よく見えますでしょう。ここは特等席、特等席ですからな。これが極東最大の空軍基地嘉手納……

カメラのシャッターを切る音

得助　（語気するどく）ちょっと待てぇ。銭《じん》払てぃからせぇ。観光客のみなさん、カメラの撮影はですね、金を払ってからにしてくださいよう。ここは私の土地ですから、有料です有料。いくらかぁ？　たったぬ百円、百円小《ぐわ》。さあ、この麦わら帽子に入れた入れた（百円玉の音）一《ていち》、二《たあち》、三《みいち》、四《ゆうち》、五《いちち》、六《むーち》、七《ななち》、八《やあち》、九《くくぬち》（百円玉にあわせて気持ちよさそうに数えている。急にきびしい声になり）こんな所で金とるかあ？　馬鹿たれ！　糞《くす》マヤー！　シーバヤー（ションベンタレ）、ここはわしの土地。百円払わないなら下りなさいよ、帰れぇ、帰れよおまえ。嘉手納の基地が丸見えできるのはここだけだよ。なに？　平和運動で来たのに金とるかあ？あたりまえさあ。平和運動と言うのは、自分で金出してやるんだよ。この《くぬ》大和人《やまとぅー》や物知らんさ。おまえな、世の中は何をするにも金がかかるんだよ、金が。日本は資本主義だからね。資本主義。なに？　沖縄人《うちなんちゅ》からん銭取《もじんとぅ》いんなあ？　当り前て、わしは沖縄人《うちなんちゅ》、大和人《やまとんちゅ》と差別しません。平等に百円いただきます。はい百円ですよ。ありが……（言いかけて急に）あ、駄目ですよ、お客さん、そこの野菜畑に入ったら、そこはやっと青い芽が出て来たばかりですからな。たったぬ《の》一坪ですが、わしの大切な畑ですよ。命《いのち》命《いのち》ですよ。

戦闘機が近づいてくる。

得　助　両手で耳をおさえて！

頭上を通過する

得　助　耳《み》んかぁ、聴覚障害になりますから、気をつけてくださいよ。わしですか？　わしは爆音中毒になっていましてなぁ　ハッハ……あ、忘《わし》とうったさ。（あらたまって）観光客のみなさん、ごあいさつがおくれました。わたくしは……、ショック音。

得助　郷土防衛隊、比嘉得助であります。神国日本を守るために、昼夜をわかたず、勇猛果敢に戦っておられる部隊の皆様を、北の方の国頭《くにがみ》の山中へご案内できますことをキヨウツケイ、おそれおおくも天皇陛下の赤子として最上の喜びとするものであります。はっ？　これであります。これは三味線《さんしん》でありますから、非常事態とはなんら関係はないと……（平手が飛ぶ）うっ。

三味線をこわす音。

得助　これですか。（弾いて）沖縄三味線《うちなーさんしん》。オキナワジャミセン。吾《わ》あ同志《どし》、わしの恋人。え、弾けるのか？　わしは若い頃から村一番の三味線《さんしん》弾き、シンガーソングライターよ。この丘はな毛遊《もうあし》びの場所さあ。日の暮れるのを待ちかんてぃーした若者たちが集まって明け方まで三味線弾いて歌ったり、踊ったりして遊んだよ。へへ、わしは毛遊びの大将《てえしょう》。いつでも好きな女の子が抱けたよう。東《あがり》のチルーぐゎは、がまくぐゎが美《ちゅ》らさたん、腰の線がきれいでよ、ちょっと触れるだけで、声をあげてよろこんだなあ。そう、西《いり》のマチーぐゎ、おっぱいはぶらんぶらん、お尻をむっくいむっくいして歩くさ、着物のすそをめくってみると大きなお尻が丸出し。あの娘を相手にしたら、へへへ……、翌日は疲れてなんにも出来なかったなあ……南のカミィぐゎ、ウトぐゎ、ウシぐゎ……、みんないい女だった。やさしいぐゎで、肌はタンナークル、黒砂糖の入ったお菓子みたいにまっ黒《くるー》だったが……

三味線の早弾き。

得　助　ふるえる手でわしは娘の帯を解き、着物を脱がせた。白いふっくらとした女の体がまぶしい……あこがれの雪のように白い肌の、大和女を女房にすることができる……

大阪へ出て来た甲斐があった。わしは果報者だ。しかし、このまぶしいばかりの娘に、沖縄者《おきなわもん》と知れたらどうしよう……いや、今はそんなことを考えてるときではない。この白い肌を力いっぱい……

はじける三味線の音。

得助　「アンマー　アンマー（泣き声）」娘はわしの体の下でそう言った。その一言でわしのあそこも縮んだよ。
「生まり島どこだぁ？」
「はあ？　あ？　にいさんも……」
同じ沖縄の出身だと気がつくと、娘は、「吾《わ》んだまちゃさやぁ」──わたしをだましたのねと言って泣き出したよ。

材木を切る音。

得　助　「朝鮮人と琉球人はお断わり」という貼り紙の時代さ。沖縄人《うちなんちゅう》のわしらの仕事は限られている。男は鐵工所か製材所。女は部品工場か紡績さあ。大和人《やまとんちゅう》のトビ職が一日二円の頃、わしは朝早くから夜遅くまで材木かついで、木の粉をかぶって、一日たったぬ《の》五〇銭。疲れて這うようにして間借り先へ帰っても食う物はない。野良猫や野良犬をつかまえて食べた。そんな時、わしの目の前にあらわれたのが、あの色の白い娘だ。わしはどこまでも娘を追っかけた。

爆音。

得　助　ねえちゃん　どこから来た？　北海道？　どうりで色が白くて別ぴんさんだあ。いっぱいどうだ？　この泡盛はなあ、ナポレオンやスターリン、リンカーンより上等よ。（小声で）金はいらないからさ、そう、ぐっと……うまい酒だろう。ありあり、ぽおっぽおっと赤くなって。もう一杯どう？一人で来たのねえ？　……僕にください？　ああ、別ぴんさんの花婿さんかな？　どうぞどうぞ。（盃に酒を注ぐ音）ぐっとあけて。泡盛は天国、別ぴんさんがいっそう別ぴんに見えますよ……ハイ百円、一杯百円ですよ。あの人からは貰わなかったのに？　あたりまえ、別ぴんさんはサービスしたんだよ。（大声で）さあみなさん、ナポレオン、ナポリタン、ナフタリンよりもおいしい世界の酒泡盛、一杯いかが？　お一人様一杯百円。ハイにへぇでぇびる。（強く）ありがとうございます……あなたは二杯目。二杯目からは二百円……（百円玉の音）六《むーち》、七《ななち》、八《やーち》、九《くくぬち》、十《とう》（気持ちよさそうに数えている）…あい、一本からになったさ。（傷口に泡盛を吹きつける）小隊長殿、痛いでしょうね。いくら名誉の負傷とはいえ、足がこの傷では……（ふたたび吹きつける）あの野郎の傷口の消毒で、わしの泡盛は一滴もなくなって……アンマーも……

艦砲の音。

得助　アンマー、北の国頭《くにがみ》に避難しよう。隣りのオバアも朝早く出て行ったよ。恩納岳《おんなだけ》の山道はね、那覇からの避難民でごった返しているんだよ。いい按配にさぁ、得助は部隊を国頭へ案内して行くから、アンマーも一緒に。カマドも子どもたちもアンマーの来るのを待っているんだから。さぁ、早く準備して。軍隊と一緒だから心配することないって……聞こえる？　あの音……読谷《よみたん》の浜へはいあがってくる……戦車だ。敵の上陸だよ。戦車が陸のようにずっと続いて……アンマー、早く早く……死ぬ時はお父《とう》のそばがいい？（強く）そんなことを言ってる場合じゃない。アンマー、さぁ。

遠くで戦車の音。
山道をすすむ部隊。

得　助　小隊長殿、お願いであります。もう一度お願いであります。母親の同行をお許しください。村に残ると言うのを説得して、そこの松の木の下まで連れてきているのであります。

「伏せろ！」

近く戦車の音。木や草をおしくだきながら、そばを通り過ぎる。

得　助　（小声で）ああ、ウートゥトゥウートゥト、ウートゥトゥウートートゥご先祖様助《たし》きてくみそーり……ウートートゥ……ああ、向こうへ行っ……あっ、アンマーがあぶない！……小隊長殿、アンマーを助けてください！　軍の力で助けてください！　どうか命令を……わかりました。一人で行きます。アンマー、今、助けに行くからなあ。

「おい、行くな！　動いたら撃つぞ！」

戦車の機関銃の音。

得　助　「アンマー！　アンマー！……」

わしたちは、一目散に北へ逃げた。体じゅうに敵の弾を撃ち込まれたアンマーを残して……

雨の山中を歩く音。遠くで砲弾。

得助　小隊長殿、もう歩けません。休憩の命令を出してください。いくらやせてお られると言っても、自分と同じ大きさの小隊長殿を背負って、この雨の中、山の斜面をはい上がるのは疲れます。お願いです、命令を……ハイッ、小隊長の命令は、おそれおおくも、天皇陛下のおことばとして……（舌打ち）歩っちぇしむさに（歩けばいいだろう）、こぬやな《くぬ》二才《にーせぇ》（いやな青年）や、童《わらばー》かんぢてぃ（子どものくせに）いばいくさてぃ（いばりちらして）シーバーヤー（しょんべんたれ）、クスマーヤー（糞ったれ）。はっ、敵性語？　敵との暗号？　とんでもありません。今のはひとりごとであります。シーバーヤーと言うのは、芝居をする家、劇場のことであります。クスマヤーと言うのは、つまりその、クスクス笑うマヤー、猫のことでありますハイ……そんなお芝居のことを考えて……やな小隊長ぐゎや、わぁ泡盛、この野郎の傷口消毒で一滴もない、シーバーヤー、クスマヤー、鼻だやー（鼻ったれ）！

草の上を歩く音。

得　助　おお寒い。いやな長雨。こいつを背負って山歩き……。おっとあぶない……ホトケか……あ、あそこにも……失礼して、ヨイショと（またぐ）……こんな戦争なんか敗けるに決まっている……わしから母親をとりあげ、三味線《さんしん》をとりあげ、泡盛をとりあげて……戦争に勝てるはずがないさあ、戦争に……

飛び立つ飛行機の爆音。
選挙の宣伝カー「軍事基地のない戦争のない沖縄を作りましょう。戦争に反対しましょう。今すぐ基地を撤去させましょう。」

得　助　（宣伝カーに）おーい、チバリヨー。亀助、がんばれようー。兄貴がついてるぞう。……（観光客に）ああ、あれ、わしの弟。亀助というのが本名ですがね、みんなあいつを「戦争反対」と呼びますよ。

選挙の度に立候補して、「戦争反対」を言うんですがね、一度も当選したことないさあ。その度にわしのところに金借りにきますよ。自分の軍用地料を使えばいいのによう、「自分は基地反対だから断固として土地は貸さん」と立派なこと言って、軍用地料を受け取りにさえ行きませんよ。馬鹿ですよあいつは。みんな貰っているんだから、ばんないばんない貰えばいいのに意地はって。

キーンという飛行機のエンジンの調整音。
火のついたような赤ん坊の泣き声。
急に止み、ぶくぶくぶくという水の音。

得　助　（亀助の声で）「兄さん、ボク、とんでもないことをしてしまった。軍の命令だと言って、母親に自分の子を殺させたんだ……」
暗い壕の中で、涙も出さずに耐えていた母親の白い顔を弟の亀助は今でも忘れられないとさ。あいつは学徒兵で島の南部に行っていた。海からは艦砲射撃、空からは爆弾、地上では戦車から機関銃が、台風《てえふう》のように吹き荒れた。その中であいつは、学校で教えられた通り、「一人十殺」を実行しようと、部隊が壊滅した後も一人であちこちの壕や死体の下に隠れたり、血とうじ虫の湧いている水で腹を満たして、日本刀一本で敵に斬り込みをかけたんだよ。アンマーが殺されたことを教えてやったら、あいつは……「アンマー、許ちくみそーり、どうぞ許してください。自分の罪は忘れません。ボクの体の中の二つの弾―前から射ってきたアメリカの弾、背後から射ってきた日本軍の弾、この二つの弾を、生《いち》ちょうるっとーみ、生きている限り、持ち続けますから。」

あいつは戦争から逃げなかった。

わしはいつも逃げることを考えていた。

ところが、わしより先に逃げる奴がいた。兵隊たちだ。やれ連絡だ、食糧調達だと言って出かけたきり、一人として戻って来なかった。戦う気なんかなかったのさあ。目的地の国頭《くにがみ》に着いた時には、小隊長とわしだけになっていた。

川の流れ。

得助　やっと、雨があがりましたね、え？　舟を調達しろ？　島伝いに本土へ逃げるつもりですか？　任務だ？　また軍の機密ですか？　沖縄人《うちなんちゅ》のわしには言えんでしょう？　沖縄人は全部スパイだと思っているんでしょう？　わかっていますよ。ここまでの道中、あなたがやったことと言えば、逃げろ、音は出すな、銃を撃つなという命令。それに、避難民がわしたちをたよりにして寄ってくると足手まといになる。機密が洩れると言ってつぎつぎ殺したこと。今度はわしの番ですかねえ。でも、わしを殺したらあなたも最後ですよ。目の先には敵がいるんです。足が腐っているあなたは、この得助なしでは一歩も動けませんからなあ。

激しい川の流れ。

得　助　いつまでわしに銃を向けているのです。さあ、この岩に座って……傷口を水で洗いましょう。取っても取っても湧いてくるもんですなあ、うじ虫は……えいっ！

ドボーンと川の中に落ちる音。

得　助　（小隊長の声音で）「助けてくれー！　助けてくれー！　比嘉得助、おれを見捨てないでくれ！」

一瞬の爆音。

得　助　え？　小隊長はどうなったかあ？　そんなの知るねえ。（歌うように）わぁ同志《どし》、わが友、酒ぐゎ泡盛……あったあった（盃に注ぐ音）……うめぇ（舌つづみ）なに？　歌を聞きたい？　わしの民謡をなあ。嬉しいねえ。あんせぇだあ、若い頃毛遊《もうあし》びで歌った歌でも一つ。

「ケーヒットゥリ節」
さやか照《てぃ》る月《ちち》に　ジントーヨー
誘《さす》わりてぃ　互《たげ》によ
ケーヒットゥリ　ヒットゥリ

得　助　歌の意味な？　さやかに照る月に誘われてお互いに楽しく遊ぼうと言うこと。

月《ちち》ん照《てぃ》り美《ぢゅ》らさ　ジントヨー
糸かめり　童《わらび》よー
ケーヒットゥリ　ヒットゥリ

勢いが強まる三味線の音。
米軍の降伏の呼びかけ（スピーカー）山にこだまする。

「ミナサン、デテキナサイ。デテキナサイ。センソウハオワリマシタ。センソウハオワリマシタ。デテキタヒトニワタシタチワキガイヲクワエマセン。ヤクソクシマス。ミズモアタエマス。ショクリョウモアタエマス。アンシンシテ、デテキナサイ。」

得助　戦争が終わって、収容所に入れられた。わしは、カンヅメの空カンと、野戦用ベッドの足と、パラシュートの糸をつかって三味線をつくった。出来た！　出来たぞ！……

三味線をつまびく（解放的に）。

得助　もう自由に三味線を弾き、歌が歌えるんだ！……はっはは……次はわしの土地に闘牛場をつくるんだ、闘牛場を！

地ひびきをたてて飛行機が着陸する。

鍬の音（がむしゃらに）。

得　助　ところが、村の姿はなく、そこは冷たいコンクリートがうたれ、金網が張られていた。
わしに残されたのはこの野菜畑だけ。百姓のわしが耕すことができる畑は、たったぬ《の》一坪。わしはこの一坪の畑へ何度も鍬を入れた。

三味線の音（力強く）。

得　助　あい、カマド、今来たのか！　さぁ座って……戦争前までぇ、昼間、二人でこの畑耕して、夕方になったら吾《わん》が三味線弾ち、お前が踊って……なつかしゃあ。……あい、泡盛、ちょうど切れていたさ。にへぇどう、ありがとうカマド。（泡盛をゴクリとのみ、舌つづみをうつ）　カマド、踊《うどぅ》いみ？　ナークニ、歌ってやろう……　どうして黙っているか……話があれーはっきり言いなさい……ぬぅ？　「軍作業」？　（強く）ならん！　戦争に勝ったからと言って、わしの土地を勝手にとりあげて、一銭も払わないアメリカーのところに働きに行くのは全体反対。土地代を払えとわしはアメリカーに言うよ。アメリカーが払うかって？　アメリカーは土地代を払う義務があると弟の亀助がいつも言っているのに、おまえも知っているだろう。
「育ちざかりの四人の娘たちになに食べさせるのねえ？　お父《とう》はこの一坪を朝から晩まで耕していればいいけど、それでは子どもたちのおなかは一杯にならないよう」
わしが悪いかわしが、え、百姓のわしから畑をとりあげて、わしになにができるか、このバカヤロウ！

壊れるダチビン（泡盛のびん）。

鍬の音。

163　命口説

得助　あの大阪の色白の娘が、妻《とうじ》のカマドさぁ。カマドの仕事は、米軍の基地の中で、不発弾のシンカン抜き。高給とりさあ。沖縄には島ぢゅうに不発弾が埋まっているから踊る暇もないほど忙しそうだったよ。娘たちは、アメリカの基地でメイドやウェイトレスとして働くようになり、アメリカーも亀助の言うとおり、やっと土地代を払うようになってなあ。暮らしは落ち着いて来てよ。それで、わしはカマドに軍作業を止めろと言ったのに、あいつは「軍作業やめて、なにするねえ、お父と二人で一坪の畑を一日中耕していたら、村中の笑い者になる」とさあ。

得助、「汗水節」を三味線に合わせて口ずさんでいる。

娘A　「バカね、パパ、畑仕事と三味線なんて古いわ。今は琉米親善の時代なのよ。」

娘B　「そうよ。一等国のアメリカと対等におつきあいできるのよ。」

娘C　「マイ・パパ、これ全部GIからのプレゼント。ミィによ。メリケン袋に、ラードに、パン、コーヒー、ストッキング、これはミィのもの。これパパに娘D　あげる。目ん玉、アメリカー煙草よ。三ボールもあるわよ。」
「パパのオキナワミュージック、ノウサンキュウね。アイ　ライク　ミュージック…… ワン　ツゥ　スリー……」

ジャズの音、ドーンと入る。

得助　うるさい！　親が三味線弾いている時ぐらい　静かにしろ！　こぬ《くぬ》ヤナカーギ（不美人）！　鼻びらー（鼻が低い奴）！　歯《はー》もう！　アメリカブラー（アメリカ気狂い）！

娘たちの笑い声とともに、ますます大きくなるジャズ。

得助　酒くさい？　お前らのような娘をもっていると恥《はじ》かさぬ、酒を飲まないで人前に出られるか、バカ。こぬ《くぬ》童《わらば》たあや、親《うや》うせぇてぃ、馬鹿にして……なにが琉米親善やが、アカガンター（赤い髪の奴）キジムナー（化け物）サングワナー（不貞者）！　いったぁ琉米親善は、服でやるのか、ふり者《むん》（狂人）バカ者、揃いも揃ってアメリカ種《さに》びけー集《あちめ》みて孕んだ子といえば白《しるー》に黒《くるー》。この家をお前らは人種の展覧会場にするつもりかあ、バカヤロウ！

蓄音機を蹴り上げる。
割れるレコード。
赤ん坊や子供たちのなき声。
喚き、得助に喰ってかかる娘たち。

得　助　娘たちの長い爪にひっかかれてよ、顔ぢゅう傷だらけ、いつもわしの敗けさあ。

淋しげな三味線の音に合わせて二人で歌う。

得　助　家では歌も歌えないから、隣りの弟の亀助のところで酒をくみ交わして歌を歌ったものさあ。

「（酔って）おい、亀助、そうだろう、きょうは合点《がってぃん》しないぞ、あのアンマーぐゎ、娘ども……戦後強くなったのは女とストッキングと言っても、わしは亭主だ。一家の主だ。父親だ。わしの言うことをみんな聞かなければいかん。そうだろう、亀助。わしは言うぞ。アンマーは黙れ！　娘どもはクロちゃんやシロちゃんを連れて、アメリカでもどこへでも行きやがれ！」


爆撃の音に重なって、朝鮮戦争、ついでベトナム戦争のニュース。


得助　戦争はすっかり終ったと思っていたのに……朝鮮でそれからベトナムで戦争がはじまった。この基地から戦闘機が飛んで行ってなあ。娘たちのハズバンドは揃いも揃って、娘や孫たちのところへは帰って来なかった。

「お父《とう》　戦争が憎い、戦争が……」

泣いてる娘たちをみていると、わしも可哀そうになってきてな……

「軍用地料は、おまえたちに分けてやる！」

強烈なロック。

得助　え、孫《うまが》んちゃ、孫たちよ、静かにしなさい。聞《ち》からに、聞こえないか……蓄音機を小さく、小さくしなさい……ぬう？　蓄音機はここにはない……これ、これを小さく……これはスッテンテン？　ちがう、ス、テ、レ、オ、なんでもいいから小さくしなさい……ぬう？　飛行機の爆音が大きい、飛行機を止めさせたら小さくする？……アメリカ〜がわしの言うことを聞くか、この野郎！　おまえたちで行きなさい。青い目どうし話して来いよ！　おい。

男の子たちの笑い声とともにロックの音大きくなる。ロックの音よりもさらに大きく飛行機の音。

闘牛場のどよめき。

得助　わしは闘牛場へ逃げた……吾ぁ同志《どし》、わが友、酒ぐゎがない。尻っぽもダラリとして……対する本部《もとぶ》マサーを見れば、ほう、若者らしくりりしい顔つき。闘志にあふれている。これで勝負は……

勝負開始のドラの音。

得　助　はいやはいや、マサー　チバリヨー！　マサー　ガンバレヨー！　ヤサヤサ、ウリ！　いまの調子で突っこめ、突っこめ！　頭を　もっと頭を下げて！　そうそう、足を踏んばって！　相手の動きをよーく見て！　そうそう　呼吸をととのえて！　さぁ今《なま》やさ　行け行け！　アキサミヨー！　あの青年は下手くそ！　クスマヤー（くそったれ）！　シーバヤー（ションベンタレ）！　チルダヤー（臆病者）！　……マサー、今度こそ落着いて……もう一度呼吸をととのえて、ヤサヤサ、頭を下げて！……

ドラや太鼓の音高まって、牛のなき声。一切の音、急に非現実になる。

得　助　「お父《とう》　お父《とう》」
お父は闘牛場で死んだ。ひいきの牛が勝った。お父はいつものように泡盛をかかえて柵を越え、牛の方へ走った。牛の頭に泡盛をかけてやりながら、子どものわしの方を向き、笑って手を振った。その時だ、お父の体が宙に浮いて……お父は死際に言ったことは忘れられん。「わしの墓からいつでも闘牛が見られるようにしちくりよ」。

太鼓の音　現実に戻る。

得　助　そうれ行け！　今だ！　チバリヨー　チバリヨー　シタイヒヤ！　デカチャンド！　やったぞう！

ドラや太鼓、歓声。
力強い三味線の音。カチャーシー、始まる。

得　助　バンジャーイ！　本部マサー、バンジャーイ！　ハッハハ……泡盛もうめぇ……ハッハ……そうだ、今日こそは　自分の家で三味線を弾いて歌ってやる。女房に娘たち　孫たち　みんな膝まづきさせて　その前で　わしは歌ってやる　大きな声で歌ってやるぞ。

三味線、楽しくなる。カチャーシー　最高潮に達する。その中から娘の呼び声――「お父《とう》！　お父！　お父！」

得　助　あ、ミチコだ。こんなところまで軍用地料追っかけてきてももうないよ。わしの酒代しか残ってないさ。本部マサーが勝っていい気持ぐゎになっているのに……帰れぇ！　さっさと帰れ！　この親《くぬ》不孝者《むん》！　何《ぬ》う！　アンマーが倒れた？　いいば？　べぇやさ（いいきみだ）。ちゃーアメリカ世《ゆう》言うて、コーラびけー飲むからコーラ中毒やさ。コーラ　あらん？　不発弾？　嘘だ！　あいつがわしをおいて先に逝くはずがない……

爆発音。

得　助　あいつの　バラバラになった体をみて　わしは気がついた。不発弾のシンカン抜きをしているのはあいつの体だけで　あいつの心はいつもこの丘で　わしの三味線に合わせて踊っていたんだってことが……

爆音。

得　助　この金網の向こう　基地の中に　あいつの墓はあるんですよ。（三味線をひいて　語り　そして歌い始める）

〈美しかった娘が　眠っている土地に　金網が立っている。心苦しさよ。風の音よ止まれ。爆音よ止まれ。語りたくてここに立っているのだから。〉

昔美童《みやらび》ぬ　眠りうる土地に

金網ぬ立《の》ちゅる　心苦《くくるぐ》りさ
風《かじ》ぬ声《のきん》止まり《れ》　爆音止まり
語りぶしゃ　あてど　くま《ここ》に立ちゅる

選挙の宣伝カーの声。
「ハイビスカスで基地を包みましょう！」
「美しい人間的な基地にしましょう。」

得　助　みなさん　よーく見てください。祖国復帰をして基地はグリーンベルトができ、花が植えられ、美しい基地になりました。飛行機をかくす囲いもできて戦闘機が外から見えないよう努力しております。それもこれも日本政府のおかげであります。

爆音。

得助　それではここで　海越え山越え谷超えて、北は網走番外地、南は波照間一番地と、遠路はるばるきなさった観光客のみなさんに、基地観光の思い出に、来る日も来る日も語る同じことながら、結婚祝いのお祝儀に、沖縄観光のお土産にと、この比嘉得助が心をこめて語るは、基地嘉手納の一コマ。いよう（太鼓をたたく）金はいらないよ。サービス、大サービス……（太鼓をたたきながら）さてさて、見える景色のすばらしさ。景色景色と言うけれど見える景色は飛行機ばかり。飛行機見たさにひと回りしてみれば一《いち》、二《に》の三《さん》の三〇キロ、中を走る四キロの白い滑走路が二本《にほん》。日本じゃないよアメリカさ。F15イーグルだよ、A6イントルーダー、KC135、SR71だよ、アメリカだよ、広島長崎昔のことよ、原子爆弾背負って行くよ、南の空へ北の空へ。あ、あ、嘉手納の基地よ、観光客よ。

オートバイの一団近く。

得助　ここはアメリカじゃないよ。日本の土地だよ、わしの土地だよ。ここに飛行機のかわりに闘牛を……

観光客の群れの中へ少年少女が口々になにか喚きながら突っ込んでくる。逃げまどう観光客。

得助のまわりをぐるぐるまわる。

得　助　ジョージ！　ジム！　メアリー！　止《や》みらに、止めなさい！　おじいの商売の邪魔は止めなさい！　お客さんがおどろいているでしょう。話は夜、家《やー》で聞くから……

（観光客に向かって）心配しないでください。アメリカ～じゃないです。目の色は青いけど、正真正銘のわしの孫《んまが》、孫ですから心配いらない……

せまるオートバイ。

日本語や英語で喚く声。

得助　ジョージ！　こわがっているよう　お客さんが……何《ぬ》う？　なんの話？　車の話しつけにきた？　新型は、はっさみよう　おまえに買ってやったら　ありんかいん　くりんかいん　あいつにもこいつにも　みんなに買ってやらないといかんことになるじゃないか。おじいはそんな金ないよ、自分で働いて買いなさい自分で……

オートバイ、エンジンをふかす音。

得助　軍用地料？　一年で三〇〇億というのは沖縄全体の話。おじいのとりまえは、たったぬ《の》五千万。きっさ、おまえたちの親やおばさんたちが一千万ずつ持って行ったさ。おじいの懐《ふちゅくる》ぐゎには一銭もないよ、一銭も……

オートバイ大きな音を立てて得助を追う。

ロック、激しく鳴る。

得　助　あっ、危ない！　やみれ！　……やみらに……おじいを殺すつもりか……こら……あっ、はっは……助けてくれ！……助けて……（得助の荒い息。）

オートバイの音と砲弾がダブる。

得　助　（小隊長の声で）「助けてくれー！　助けてくれー、比嘉得助、おれを見捨てないでくれ！」

戦車。

得　助　「アンマー！　アンマーがあぶない！　小隊長殿、アンマーを助けてください！」

爆発音。

得助　「不発弾？　嘘だ！　あいつがわしをおいて先に逝くはずがない……」

オートバイの音。孫たちの奇声。ロック、逃げる得助の息。それらが闘牛場のかん声、ドラ、太鼓の音に変わる。

得助　（父の声で）「わしの墓から、いつでも闘牛が見られるようにしちくりよー。」

「お父、闘牛場は、飛行場になって……」

オートバイの車輪のきしむ音。闘牛場のかん声、ロックなど盛り上がって、プッリと切れる。

得助　（息も絶え絶えに）わかったさぁ、わかった、買ってやる、買ってやるよ何でも……もう帰えれ、買ってやるから帰ぇれぇ！

ピーという指笛を合図に、オートバイ、得助の周りをぐるっとまわり、かん声をあげながら去る。

得　助　ああーあー、わしの野菜畑を、せっかく出て来た青い芽を根こそぎつぶしやがって……あれが、わしの家族ですよ。軍用地料が入る時だけわしのところへ来る家族ですよ。……わあ同志、わが友、酒ぐゎ泡盛は、と、泡盛もなくなった……三味線《さんしん》は……（弾いて）汗水節《あしみじぶし》でも、沖縄土産におぼえて行くねえ。

汗水《あしみじ》ゆ流ち　働ちゅる人ぬ
心嬉《うり》しさ……

得　助　やめた　やめた。働く喜びなんて、胸くそが悪くなる。悪酔する……それより、みなさん、観光客のみなさん、毛遊びしよう。一緒にカチャーシーおどろう。な、かきまわし　ひっかきまわせばいいさ。

三味線でカチャーシーを弾きはじめる。

得助　さあ、どんなかっこうでもいいから……ゴーゴーのかっこうでも、ディスコのかっこうでも、阿波おどりでもいいさあ。手をあげて、体を動かせばいいから……そうそう、そこの別ぴんさん、ガンチョウ・メガネ、上等どぅ……観光客のみなさん、アメリカーの飛行機に負けないように踊りましょう。爆音中毒、基地中毒にならないように、さあ、踊りましょう。

喜々として観光客の声。
得助、カチャーシーを歌い出す。
指笛、太鼓がはいる。

「唐船《とうしん》ドーイ」
　唐船ドーイ　さんてぇまん
一散走《はー》えーならんしや　ユーイヤナー

若狭町村《まちむら》ぬサー　瀬名波《しなふぁ》ぬタンメ
ハイヨセンスル　ユーイヤナ
音《うと》にとゆまりる　大村御殿《うふむらうどぅん》ぬ梅檀木《しんだんぎー》
那覇《なーふぁ》にとゆまりるサー
久茂地《くむじ》ぬほーい榕樹木《がじまるぎー》
ハイヨセンスル　ユーイヤナ

（注―中国に行っていた船が帰って来たぞーという喜びを歌ったものであるが、カチャーシーのときにはよくつかわれる曲である。）

カチャーシー、盛り上がる。が、やがて、それをのみこむように飛行機の爆音―。

颱風《かぜ》夕焼《ゆうやけ》

配役

老漁夫
巫女
女たち
漁夫たち
海の精たち
朗読

M1　音楽
幕上がる
舞台溶明
空一面の颱風夕焼

〈合唱〉
凪いだ海に　流し込まれた血の色は　空一面の颱風《かぜ》夕焼《ゆうやけ》
海に群れる魚たちの　赤いウロコ　怨みの眼
孤島を覆うその色は　空になげうたれた祖先の血
あるいは
颱風《かぜ》の使者《つかい》の夕焼は　空にのぞかれたぼくらの血　生への執念

颱風《かぜ》よ吹け　颱風よ
大地に這う　生命《いのち》のために
この腕《かいな》に吹けよ　颱風

Ｍ２

波のようにのたうち　群れる男声のハミング

それを吸い込んで行く　宿命的な音楽

夕焼を顔に受けた

老漁夫が　浮び上る

じっと　海をみつめている

Ｍ３

老漁夫　「いまに大漁の旗を風になびかせて、きっと息子は帰ってくる。息子は颱風など で死にゃせん。」

巫女の声　「この海にはな、もう魚はいないんじゃよ。この海には悪魔が住んどる。おまえたちのみにくい心が、この海を悪魔にしてしもうた。お前たちの血なまぐさい争いが、魚たちを殺してしもうたんじゃ。海のたたりじゃ、これも

老漁夫　お前たちの悪業《わるさ》の故じゃ。」
　　　「魚は生きものだ。世界中の海が家だ。魚は何処からでも寄ってくる。この
　　　沖はいい漁場なんだ。」
巫女の声　「昔はそうじゃった。じゃが今は違うんじゃ。」
老漁夫　「違いやせん。ほら見い、あの水平線にキラキラ光っとるのは、あれは魚の
　　　大群だ。この入江に押し寄せてくるんだ。海鳥が、海面すれすれに飛びよる。
　　　いつ見てもいいもんだ。」
巫女の声　「血をはいたような空と海。颱風の前兆《しるし》じゃ。それに水平線を襲うあのど
　　　す黒い雲たち、あれは悪魔の呪いじゃ。昔はなかった雲じゃ。この渚いっぱ
　　　いに死んだ魚が打ち寄せたことがあったな。あの時の魚たちの呪いに満ちた
　　　眼。凄まじい呪いの眼。あれからじゃ。あの雲があらわれるようになったの
　　　は。あの魚を食べた者は、下痢をしたり、熱にうなされたり、髪の毛が抜け
　　　たりして死んで行ったんじゃ。」
老漁夫　「静かな海。あの水平線の向うから、息子はきっと帰ってくる。」
巫女の声　「帰りゃせん、死んだんじゃ。魚の呪いで深い海の底へ沈んでしもうたん

じゃ。おまえの息子の魂は、何処だかわからない海の底に、一人でいるのが淋しいと云うとるだけじゃ。復讐されたんじゃこの海に、魚たちにな。」

老漁夫　「魚に喰われてしまったと云うのか、そんなことはない。」

巫女の声　「魚を喰っとるのはわしたちじゃ。生きているものを喰っとる。生きものにはな、復讐心があるんじゃ。」

老漁夫　「魚は人間に喰われるもんだ。昔からそうきまっとる。なぜわしたちだけが呪われなきゃならんのだ。」

巫女の声　「おまえたちのみにくい、卑屈な心。ただ波に流され、颱風にもて遊ばれて、なんでも波や颱風のせいにしてしまうその心。その心への魚たちの戒めなんじゃ。」

老漁夫　「どうしたらいいんだ。」

巫女の声　「颱風が来るんじゃ。でっかいやつじゃ。そして又、何人かが死ぬ。わかっとるのはそれだけじゃ。この空の色。魚たちの赤いウロコ、怨みの眼、呪いのシルシ」

老漁夫　「息子の知らんことだ。あれは黒い雨が降ったからだ。わしの全く知らんことだ。」

老漁夫　消える

Ｍ４〈合唱〉
はるかなる空に浮ぶ　赤い雲たち
雲たちは　サバニ漕ぐ漁夫の　大きな腕《かいな》　海抱く大きな腕
あの日　海は凪いでいく
海鳥が　高く低く　舞っていた

颱風夕焼の中で　漁夫たち　エネルギッシュに踊る

Ｍ５〈漁夫たちの歌〉
地球が　海であるような
みわたすところ　海ばかり

俺たちゃ　海の荒くれ者さ
ちっちゃなサバニで　あろうとも
颱風なんぞ　こわくない
それ漕ぎ出せ　それ漕ぎ出せ

風の音
そらは黒く覆われて行く
漁夫たちを呑み込むような激しい音楽。漁夫たちの中の一人（息子）倒れ伏す。助けようとして、その周りを踊り歩く漁夫たち。
そして、一人、二人、三人、と、次々に倒れ伏す。
舞台溶暗

M6　音楽

〈朗読〉

それは
遠い昔から　幾度か繰り返されて来た

大海原に投げ出された孤島
その貧しい風土にしがみつき　昨日から今日へ　今日から明日へと生き、そして
死んでいった人たちの　生きることへの　かぎりない執念
その　ほの暗い執念は
その胸に　海を呑み込んだ
たとえ　その執念の故に　海原に葬り去られることになろうと……

舞台溶明
空一面の颱風夕焼
老漁夫、海をみつめている
端に少年（孫）

少年　「じいちゃん、父さんはいつ帰って来るの。」
老漁夫　「明日。きっと帰って来る。」
少年　「昨日も一昨日も、その前の日も、いつもじいちゃんはそう言った。だけど……」
老漁夫　「きっと明日帰って来る。だからわしはここで待っている。」
少年　「もう三年にもなるよ。そんなに遠くまで行ってるの。」
老漁夫　「地球の十分の七は海なんだ。」
少年　「チキュウのずっと向うへ行ったの？」

M7　〈老漁夫の歌〉

金の粉を　流したような
水平線の　あのあたり
わしの若かった　あの頃は
モリを脇に　かかえては
裸で海に　入ったもんだった

カジキにマグロにタイヒラメ
何でもとれる漁場だった

わしは　島一番の漁夫
五月の海神祭には
島中の若者が　サバニをくり出し　腕を競い
陸《おか》では　三味やドラやショウコを鳴らし
夜を忘れて　踊り歩いたものだった

M8　〈少年の歌〉
赤い雲たちの下《もと》
地球の向うの海から
父さん帰って来ると云う
あの雲は　父さんの顔
押し寄せる　魚の群れか

老漁夫、少年、シルエットになる。
海の精たちの踊り。

M9 〈合唱〉

水面を渡る　風たちのささやき
波間に群れる　海の鳥たち

踊り、飛び　はねる〈海の住人たち〉

広い　気のめいるような　果てない海原
小判を敷きつめたような　小波《さざなみ》
黒髪のように　乱れ動く　海の顔
輝く太陽の光を吸いとって
青く　深く　淀む　水面

黒いなだれのように　のたうち　むれる荒波
眼を奪いとる　海の雨
内臓をえぐりとる　海鳴りの叫び

それが　海
それが　海

海の精たち消える
老漁夫、少年、浮び上る。

M10　〈老漁夫の歌〉
おまえの父さんも　島一番の漁夫
颱風などで　死にやせん
颱風などで　死にやせん

M11　〈少年の歌〉

でも父さんは　帰らない
いつまで待っても　帰らない
待ちきれなくて母さんは　とうとう去年死にました
父さんの顔が　ひと目みたいと
ひとこと残して　死にました

老漁夫と少年、シルエットになる。
女たちの祈りの踊り。

M12　〈合唱〉

赤い蘇鉄の　実を食べて
隣りの嫁が　死にました
夫の帰りを　待ちながら

胃袋見える　その口を
大きく開けて　死にました
咽喉ぼとけの　向うには
やせた畑が　並んでいて
先祖の　物欲しそうな　顔だけが
何処までも　見えました
それは去年のことでした

M13　〈女たちの歌〉

赤い蘇鉄の　実を食べて
隣りの人が　死にました
これで九人目
これで九人目
この次は　誰
あなた　わたし

食べるのが　なくては
胃袋が　承知しやしない
島を襲う颱風で　魚もとれない　稲も　芋も　育たない
これも颱風のため
これも颱風のため
せめて　わたしは
芋が欲しい　芋が欲しい

M14　〈巫女の歌〉

空一面の颱風夕焼
血を吐いたような　空と海
怨みの眼　呪いのシルシ

颱風が来る　颱風が来る
おまえたちの　血を吸いに

今年も　颱風がやってくる
死ぬのは　おまえ
死ぬのは　おまえ
それも　おまえの悪業《わるさ》のため
　　おまえの悪業《わるさ》のため

M15　〈女たちの歌〉
死ぬのは　わたし
死ぬのは　わたし
それも　わたしの悪業《わるさ》のため
　　わたしの悪業《わるさ》のため

巫女の祈り
女たちの祈り

〈朗読〉
颱風《かぜ》の使者《つかい》の　夕焼雲
それは颱風《かぜ》の前兆《しるし》

凪いだ海に　眠る海の男たち
今は
荒れ果てた漁場に
サバニ出す男は　いない
サバニは　淋しく波間に揺れ
男たちは　海を捨て　都会《まち》へ出た

この島に残っているのは　年寄と子供と女だけ
年寄と子供と女だけ

今日も

浜で待っているのは
都会からの　仕送り

M16

この静けさの中に
昨日の夢を　吸いとった
この静けさの中に
明日の夢を　吸いとった

それでも
今日を生きる

巫女、女たち、去る。
老漁夫と少年、浮び上る。
一面の颱風夕焼

少年　「じいちゃん。じいちゃんのことをみんなが狂人だって。」
老漁夫「…………」
少年　「わかっているんだ僕には。じいちゃんが狂人じゃないってことが……でも、島の人たちの言うことも正しいんだ。」
老漁夫「…………」
少年　「海だけ眺めていたって、父さんは帰って来やしない。生きちゃゆけないんだ。」
老漁夫（激しく）「帰って来る！」
少年　「この漁場では、もう何もとれやしないんだよ。」
老漁夫「そんなことをいっちゃいかん。おまえは島一番の漁夫になるんじゃないか。」

SE　実弾演習

少年　「聞こえる？　あの音…………」

老漁夫　「…………」

少年　「漁業でも、農業でも、この島は食べて行けないんだ。モリを脇にかかえて、裸で海へ飛び込んだって、もうそれで食べて行けないんだ。大きな船に乗って、水平線のずっと向うまで行って漁をしなければ。そんなことはわかっていても、この島の力じゃどうしようもないもんね。海は果てしなく広くても、サバニで行けるところは知れてる…………じいちゃんの右腕、父さんと一緒に、深い海の底にあるのかも知れないね。」

両漁夫　「…………」

少年　「じいちゃんは、島一番の漁夫だ。鮫に右腕をとられても、血みどろの左腕一本でサバニを漕いで帰って来た。しかし、それはそれだけのことなんだ。じいちゃん。やっぱりこの島を出るよ。島にすがりついて生きて行くだけの勇気がないからね僕には。」

老漁夫　「出ちゃいかん。島一番の漁夫になるんだ。わしだってこの島で生きて来たんだ。」

少年　「僕はこの海で、父さんみたいに死にたくない。それに、一生をこの島で送るのが怖い。僕もじいちゃんみたいになるのかも知れないもの。今にも、この颱風夕焼の静けさの中に、僕の血は吸いとられて行く…………（実弾演習の音が聞える）…………そしてあの音は、僕の頭の中にぶち込まれる弾なんだ。」

老漁夫　「お願いだ、行かないでくれ。」

少年　（肩を抱く腕をはずして）「都会《まち》へ行くよ、おじさんの工場で使ってくれるそうだから。お元気で。」

少年、去る。

M17

老漁夫　「わしだって、おまえの年頃には都会《まち》へ出たんだ。だが…………」

一人ぽつんと残された老漁夫。

巫女の声「この海にはな、もう魚はいないんじゃよ。この海には悪魔が住んどる。お前たちのみにくい心が、この海を悪魔にしてしもうた。お前たちの血なまぐさい争いが、魚たちを殺してしもうたんじゃ。海のたたりじゃ、これもおまえたちの悪業《わるさ》の故じゃ。」

老漁夫「わしの知らんことだ。」

巫女の声「しらんことではすまんじゃろうが…………」

M18 〈巫女の歌〉

颱風が来る　颱風が来る
おまえたちの　血を吸った
今年も　颱風がやって来る
死ぬのは　おまえ
死ぬのは　おまえ

それも　おまえの悪業《わるさ》のため
　　　おまえの悪業《わるさ》のため

M19　〈女たちの歌〉
死ぬのは　わたし
死ぬのは　わたし
それも　わたしの悪業《わるさ》のため
　　　わたしの悪業《わるさ》のため

老漁夫　「颱風で魚がいなくなるものか。颱風で魚がいなくなるものか。あの音、あの音、…………頭の中へぶち込まれる弾、弾…………颱風で魚がいなくなるものか…………」

M20　〈老漁夫の歌〉
地球が海であるような

みわたすところ　海ばかり
わしは　海の荒くれ男
ちっちゃなサバニで　あろうとも
颱風なんぞ　こわくない
それ漕ぎ出せ　それ漕ぎ出せ

老漁夫、気が狂ったように踊る。
倒れる。

M21　音楽

〈朗読〉

凪いだ海に　流し込まれた血の色は
空一面の颱風夕焼

海に群れる魚たちの　赤いウロコ　怨みの眼
孤島を覆うその色は　空になげうたれた祖先の血
あるいは
颱風の使者《つかい》の夕焼は　空にのぞかれたぼくらの血　生への執念

音楽高まる。
空は次第に黒く覆われ、風が出てくる。

舞台溶暗。

〈THE　END〉

真《まこと》の花や

（1986年9月稿）

登場人物

南島若子　（女座長）
平敷屋朝薫（座長）
黒島亀太郎（村の青年団長）
南島梯梧　（女座長の弟子）

現代。

南の小島。

1　プロローグ……．アンガマの二人

暗闇の中で、潮騒の音が広がる。

やがて、その中から生まれてくるように「無蔵念仏節」が聞こえて来る。闇の中に月の光が差込む。ぼんやりとした白い道。

青年登場。三線を持っている。

青年　（客席に）こちら様ですね、アンガマを招いてくださったのは。（会釈をして）今夜のあの世からの使い御先祖様は、海を渡って来られた旅の人。初めての趣向でございまする。しかも、翁も媼も赤の他人。つい先程、港の宿々を回り、無理を承知で頼み込んで参りましたもの。さて、旅の人が、死者の

目で島を眺めれば何か見えますか。はたまた、死者から生者へのメッセージは何か、とくとご覧下され。（一礼して奥へ）

音楽にのせて、翁（朝薫）、媼（若子）、梯梧、青年と並んで登場。翁は木の面をかぶり、芭蕉布の着物を着ている。媼も木の面をかぶりスディナとカカンという衣装をまとっている。二人とも、クバ（ビロウ）のうちわを持っている。梯梧が、媼に寄り添おうとすると翁が、クバのうちわで追い払おうとする。面白がっている梯梧。

青年　（梯梧の袖をひいて）死者の使いにいたずらはよせ。

梯梧　だって（声を立てて笑う。）

翁のうちわが、梯梧の尻をたたく。

翁、あっちへ行けという。

青年、梯梧の手を引いて舞台袖へ。

翁　媼　翁

翁と媼、ひざまずき、お香を上げ、両手をまっすぐに伸ばし、水平から頭上に大きく上げ下ろし、大袈裟に拝みながら、口上を述べる。

アートゥトゥイ、マタントゥドゥイ
謹んで願い奉ります。又も拝み願い奉ります。
（首をかしげる、つぶやく）どこぞで聞いたような女の声。相手役は若くて美ら女だという青年団長の一言で、引き受けたのだが、あの面の中の女はどこかで会うた女……。（客席に）さてさて、この度の盆祭は、たいへん素晴らしき盆祭なり。何故かと申しまするに、あなたの子や孫は、立派な人物に生まれ育ち、かように仰山のお供え物や飾り物をしておりまする。そして、立派に中流に出世致しました、中流に。家には電気紙芝居、電気洗濯機、電気冷蔵庫、自家用車。自家用飛行機こそありませんが、なんでもそろってございまする。ほれ、見て下され、中流の、血色の良さ、お腹の出具合弥勒様そっくり、あの笑い声、これぞ中流の和やかさ……。この者達の健康をお守り下さりませ。ウードゥイ、ウードゥイ、御先祖様。

媼　ウードゥイ、中流におなりになってもまだ心配だということでございましょう。御先祖様の接待役として、わしらアンガマを招いてくださりました。御先祖さま、仏壇の中で窮屈でございましょう、お盆の日だけでも手をのばし、足をのばし…現世では、死者には足はないといいますが足ものばし、

翁　あの声、あの身振りは、たしかに…

媼　生きているうちに吐き出すことができなかった思いのたけを、怨みつらみを代りに語りますれば、心を開き、口を開き……

翁　婆さん、言葉が過ぎまする。お招き頂いた方々の御機嫌を損じまするぞ。ホラホラ、もうイヤな顔をしておられる。

媼　われらは、御先祖様のご名代。死の国よりの使者。現世に遠慮はいりませぬ。それとも、爺さん、若い女の色香にまどわされてか、いくつになってもあんたはあんた。

翁　（面を取って）やはりおまえか。

媼　（面を取ってニッコリ笑う）はあ、相変わらず酒のにおい、昔の夫婦が、アンガマの夫婦をやらされるとはのう。

青年　（舞台の袖で）どうしたんだろう。
梯梧　さあね。
翁　わしは帰る。
嫗　帰る？　お客様を捨てて帰るは役者の恥、捨てた女と夫婦の役など出来るものか、
翁　はてさてこれはこれは、役者らしからぬお言葉、それに、捨てたのは私、捨
嫗　てられたのはあなたのはず……
翁　なにをほざくか枯れすすき。
嫗　枯れすすき？　枯れすすきとはそなたの持ち物。アル中の持ち物。
翁　なに！

翁と嫗、つかみ合いとなる。

青年　ハイ、そこまで。

2　海辺で

波の音。
夏の海がキラキラ輝いている。
朝薫は、三線をつまびいている。
梯梧は貝殻を拾って歩く。
青年と若子は、砂浜に腰をおろしている。

青年　お知り合いだったんですね。
若子　四十年前まではね。お互い、沖縄で芝居をしているのに、今日までほとんど会うことなかったのよ。不思議だよ。

歌をうたう若子。

M　空の形見の
　　星砂は
　　海の思いに
　　心を染めて
　　今日もうたうよ
　　島人のうた

若子　（手の平の星砂を見ながら）星砂が、夏の白い光の中で、キラキラと舞って落ちて行く。広い地球の中で、あの星の世界が贈ってくれた唯一の星砂の浜。こうして、浜に立っているだけで、星の世界の主人公になったような気がしてくるわ。まるで、乙女のような、華やいだ、それでいてセンチな気分になってくる。

青年　見て下さい、星砂達のきらめきを。打ち寄せる波に照り返し、そのきらめきは、波の向こうまで続いている。このきらめく海面の下では、今、赤や黄の七色のサンゴの花々が咲き乱れ、そのお花畑を青や緑の魚達が楽しげに散歩している、地球で最も豊かで華やかな海の楽園なんですよ。この海もやがて……

若子　この海がどうかしたの？

青年　コンクリートで固めて、空港をつくろうという話があるんです。

若子　ここが灰色のコンクリートの陸になる？……明日からのアンガマまつりだけれど、私たちにまかせてくれるのね。

青年　ええ、他島の人に頼むのは初めてですが、皆さんはプロだし、安心しているんです。どうぞ、のんびりとしている島人に刺激を与えてくださぃ刺激を。死者の目で語る訳ですから、どんな批判でも許されます。例えば、このノート（ポケットから取り出すが、すぐ、ひっこめる）……いいんです、今、ぼくをとりこにしている、ある人たちが残していった日記です。皆さんは、皆さんの心の中にあるものを率直に出して下さったらいいんです。即興で。

若子　口立て芝居には慣れてるからいいけど、朝薫座長とは四十年ぶりだし、呼吸が合うかどうか……

青年　失礼だとは思いますが、野次馬的に言えば、それが緊張があって面白いと……

若子　ののしり合いやなぐり合いになるかも知れませんよ。

青年　そんなに憎み合っているんですか。

若子　さあ、明日から三日間のアンガマ、面白くなりそうね。

「キャーッ」という梯梧の声。

ふりむく二人。

梯梧の手をつかんでいる朝薫。

梯梧、朝薫の手を払い、いたずらっぽく笑って、水をかける。

追っかける朝薫。

若子　あの顔で、女にもてるのよ、芝居がはねると、もう楽屋は島の後家さん達が押しかけて大変だったんだから、昔々の話だけどね。

二人の前に走りこんでくる梯梧、それを後ろから抱き付くように朝薫。

朝薫　（息をハアハアさせながら）つかまえた！

梯梧　母さん、たすけて……

朝薫　逃がすもんか、若女《わかいなぐ》。

若子　（朝薫に）いいかげんにしなさい。

朝薫　は？　女房面して、このくそ婆？

若子　（梯梧に）年寄りをからかうもんじゃありませんよ。遊ぶなら若い人にしなさい、ほら、ここにいるでしょう。（青年を押し出す）

青年　ぼくは？（赤くなる）

朝薫　（くさって、酒をラッパ飲みする）

若子　もう年なんだから、お酒もほどほどにしないと。

朝薫　うるさいな、オレのことにかまうなって。オレは、いつも自分の好きなように生きて来たんだ。（酒を飲む）

梯梧　カワイイ、オジイちゃん！

朝薫　オジイちゃんじゃねえ、まだまだ若い者にまけんぞ。おまえの相手だってできる。いくか。

梯梧　（突然に）アッ！　あれ何？　光る波間に漂っている黒い影、行こう（青年の手を引いて）下駄だわ、男物と女物が一足ずつ。

青年　ひょっとしたら、あの人たちの？

若子　あの人たち？

青年　ええ、老人夫婦の……

朝薫　（若子と顔を見合わせ）老人夫婦の？

青年　ええ、三、四日前に、この浜に老人夫婦の死体があがったんです。

梯梧　こわい！

青年　二人はしっかりと、赤い帯で結ばれていましてね。心中でした。男の人は、この村の出身なんですが、女の人は、よそから嫁いで来た人で、昔は大変だったようです。

若子　つらかったろうね、で、何をして暮らしていたの？

青年　この海で、魚や貝をとって、それをゆでたりカマボコにしたりして、ほら、

朝薫　ここに来る途中、崖の上に小さな海産工場がありましたね。そこが二人の棲家でした。二人は村人から離れるように、ひっそりと暮らしていましてね。

青年　なんで死んだんだ？

若子　わかりません。村の者は、誰一人、二人の心中の理由を知らないんです。いいえ、二人の心中に全く無関心だと言った方が適切かも知れません。

青年　信じられないよ。この村は、共同体意識のとても強いところでしょう。なにからなにまで村で決めて、村じゅうが血縁家族みたいな……

朝薫　ええ、葬式は、村でやりましたよ。村じゅうの人が線香をたき、涙を流しました。それだけですよ。

青年　葬式まで出すなんて、立派じゃないか村の人。決まった、おれの死に場所はここにする。おれが死んでも出してくれそうだから、この村の人は。

梯梧　すべて終わってしまったんです。その夫婦のことは、あの村の葬式でね。二人がなぜ心中しなければならなかったのか、誰一人、知ろうとする者はいませんし、二人のことは、永遠に村の記憶から消されてしまったんです。

ウソ！　初七日もまだなのに…

朝薫　心中なんて、村の恥だからか？
若子　女の人がよそ者だから？
青年　さあ、男の人は病気がちでしたが、心中をするほどの理由とは思えませんしね。…お二人なら、どうします？

　　顔を見合わせる若子と朝薫。

青年　（朝薫に）あなたなら……
朝薫　オレがこいつと…（考え込む）
若子　青年団長、あなたは、このことに関心がありそうね。あなたの話を聞きたいわ。
青年　こんな小さな村に一緒に住んでいながら、実は、この二人とのつき合いは、ぼくが街から戻ってきてのこの半年ばかりなんです。この浜で二人によく逢いました。ぼくはここにこう腰掛けて本を広げている。二人は海に入って行く、腰ぐらい海につかったところで、女の人が網を両手で広げる。すると男の人が、すこし離れたところから、女の人の方に向かって、棒でバチャバチャと水をたたきながら、魚を追い込むんです。ギラギラ光る海の中で二人の動きが影絵のように、くっきりと見えました。やがて、女の人が網を引き揚げる。青や赤の原色の魚が、五、六匹ぐらい、パチャバチャはねてるんです。ここは魚のわく海ですからね。ぼくの前に、とった魚を置いて行く時もありました。その時も、言葉をかわすことはありませんでした。

梯梧　障害者なの？

青年　いえ、二人だけで話をしているのを聞いたことがありますから。ただ、足を引きずってましたね、女の人は。

若子　どうして？

青年　戦争でしょう。よくわかりませんが。

朝薫と若子、顔を見合わせる。

梯梧　戦争ってさ、遠い遠い昔のことでしょう。関係ないわよね私たちには。それ

青年　よりサ、どんな生活していたの二人は？
梯梧　村の人との交わりを避けていたようです。そう、二人は、テレビも冷蔵庫も、洗濯機も関係のない生活、電灯さえもない生活をしていましたよ。
青年　信じられない。
若子　二、三度は村の人が電灯をつけたらとすすめたそうですが、結局その気がないようだと放っておいたようです。
朝薫　何かあるのね、村の人たちとの間に。
若子　どこにでもいるさ、偏屈者は…
　　（笑って）偏屈者はあなたでしょう。

つられて笑う梯梧。

朝薫　オレのは役者の個性と言うんだ。個性。
青年　実は、あの二人も役者だったんです。
若子　役者？

朝薫　役者？
梯梧　役者？
　　青年　（大きくうなずく）
若子　二人は、どんな感じの人？
朝薫　どうなんだ？
青年　どんな感じ……アンガマ……
若子　アンガマ？
朝薫　アンガマ？
青年　そう、アンガマの面です。悲しみと苦しみの刻まれた顔の深いしわ。アンガマの顔でした。
若子　（懐中からアンガマの面を出し）アンガマの顔……
朝薫　（懐中からアンガマの面を出し）アンガマの顔……

二人は、顔を見合わせ、アンガマの面をかぶり立ち上がる。
すぐに、アンガマの面を宙に投げる朝薫。

青年　どうしたんです。

朝薫　阿呆らしくて心中物なんかやれないよ。心中は、本土では受けても、ここじゃ受けないね。この島は、冠婚葬祭のすべてが島主催、食料品から衣料品まで必要なものは、共同売店で、ある時払いで掛けで買える、税金さえも島で払う、助け合いの模範的な島さ、こんないい島はない、そうだろう青年団長。

青年　………

朝薫　そんな島で、はぐれ者の心中をとりあげたところで、せいぜい石を投げつけられるのが関の山さ。それともおまえさん、わしらがよそ者だから、殺されようが何されようがしっちゃいねえというのかよ。

青年　そんな……

若子　わたしやりたいわ。青年団長だって、命かけて何かやろうとしているのよね。（朝薫に）あんたもわたしもはぐれ者、落ちこぼれさ。はぐれ者の気持ちは

朝薫　はぐれ者がわかってやらなくちゃ。
　　　さすが、正義の味方女座長と、言いたいところだが、心中物は一人じゃやれねえよ。
若子　わかっているわ。
朝薫　ほう、それでもやる気かい。わしは、おろして貰うよ。
若子　あなたには、逃げることできないわ。あの二人も元役者よ。しかも戦争の時も芝居をしていたの、あなたとわたしと同じ……
朝薫　まっぴらだ、戦争のことを思い出すのは。わしは、喜劇役者だ。意味がなくてもお客さんが笑ってくれれば、それで満足だ。笑いは世の中を明るくする。理屈っぽい芝居より、上等だと思っている。あの時だって……（梯梧に）おい「山崎ぬアブジャーマー」を知っているか？

うなずく梯梧。

朝薫　（青年に）そのカセットを押してくれ。

青年　ハイ

カセットテープレコーダーから「山崎ぬアブジャーマー」が流れ、梯梧が踊りはじめる。

好色な老人が若い娘をかどわかそうとするユーモラスな踊りである。

赤いふんどしをみせて踊る朝薫。

娘にふられる。

踊っているうちに、梯梧と若子が入れ替わる。

娘（若子）の手をにぎる朝薫。

朝薫　心中するなら若い女としたいね、わしは。（若子の顔をみて、あわてて手を離す）
梯梧　お似合いよお二人さん。
青年　いい感じでしたよ、座長。
朝薫　（不機嫌に）酒、酒！

青年、茶碗に酒を入れて渡す。

若子　そう、喜劇一座の私たちの演目を戦争は変えたわ、方言も禁止。方言によるお笑いも禁止。喜劇も悲劇もだめ、なにが残ったと思う？（梯梧と青年に）

朝薫　酒！

青年　ハイッ

青年、酒どっくりを渡す。

若子　昼は竹槍訓練、夜は戦争物よ。

梯梧　竹なんとかって何？

朝薫　阿呆かお前（出て来て）、こう竹槍を持ってな。

梯梧　竹槍って？

朝薫　（唖然として）戦争中の話だ、敵が鉄砲で攻めて来たら、竹を切った槍で、相手の心臓を一突きにしようと、女、子供も訓練したわけ。

梯梧　バカみたい。
朝薫　バカみたい？
梯梧　だってサア、その前にピューンと鉄砲の弾が飛んで来るじゃない。おしまいよそれで。
朝薫　とにかく竹槍訓練をやったの、（棒を拾って）いいか、こう持ってな、腰をしっかり落して、一、二、エイッ、一、二、エイッ、一、二……
梯梧　面白い、ね、一緒にやろう（青年の手をひっぱる）　一、二、エイッ、一、二、エイッ……
　青年も一緒に竹槍訓練をする。
　朝薫、二人にハチマキをする。
梯梧　頭がキューッとしまって、いいスポーツね、一、二、エイッ……ね、敬礼なんかするでしょう、どうするの。
朝薫　それはな、こう……

若子　ヤメなさい！
梯梧　どうしたのよ、母さん。
若子　戦争なんて、そんなものじゃないのよ、（朝薫に）あんたもあんたよ、若い者におだてられるとすぐ調子にのるんだから。
梯梧　ジャズダンスと同じじゃないの、ワン、ツー、スリー、ワン、ツー、スリー……汗かいて、スリムになって、快感じゃない。
朝薫　カイカン？
梯梧　（笑って）知らないの、気持ちいいってこと。
若子　遊びじゃないわ、本気でやっていたのよ。
梯梧　本気で？
朝薫　本気だ本気、人殺しを本気で訓練していたのさ。
梯梧　おじいちゃんも？
朝薫　おじいちゃん？　酒！

若子、酒をついてやる。

朝薫　（若子に）弟子の教育がなってないぞ、二枚目をつかまえて、おじいちゃんとはな。
若子　ハイハイ、後で言っときますよ、座長。
朝薫　おまえも飲むか？
若子　ちょうだいします。

若子に盃を渡し、酒をつぐ朝薫。
二人を囲むように梯梧、青年すわる。

朝薫　若子、どうだったかな……
若子　あの時ですか。
朝薫　どうだったかなあの時。
若子　あなたは本気でした？
朝薫　初めのうちは、芝居じゃあるまいし、竹槍で鉄砲に勝てるわけがねぇと思っていた。しかし、みんなと一緒に、一、二、一、二、とやってるうちに…竹槍訓練だけじゃねえ、わしらの芝居も…

若子　続けられれば、どんな芝居でもいいと思っていた。あなたとわたしには芝居しかなかったもの。

朝薫　喜劇専門のわしが軍人をやるもんだから、はじめのうちは評判になった。わしが軍服を着ているだけで芝居の筋とは関係なく、お客さんはよく笑ってくれた。その度に、特高が待ったをかける。

梯梧　トッコウって？

若子　思想犯専門の警察よ。

朝薫　軍人を愚弄するとは何事だと、その夜は、軍人魂を教えてやると、警察で説教だ。そしてそこでも、（立ち上がって）　一、二、エイッ、一、二、エイッ！………

若子　警察の門の前でずっと待っていたわ、あの子を抱えて明け方まで。あなたはよろよろと現れ、傷だらけの手であの子を抱きあげ、頬ずりをする。昨日の事のように覚えているわ。

朝薫　十日、二十日と月日がたつと、わしの軍人姿も本物らしくなって、お客さんは笑わなくなった。わしは何か偉くなったような気持ちになっていた。そこへあちこちからお呼びがかかる。どこそこの町内会でお話を、どこそこの婦人会でと……

若子　婦人会の時は、特にめかして行ったわ、そしてほろよい気分で帰って来た。「日本帝国万歳」「日本帝国万歳」と叫びながら。

朝薫　あそこまでは、いい気分でいた。ところが、このわしに赤紙が来て、正真正銘の軍人にされちまったのさ。出征の前の夜のこと、わしはよく覚えているぞ、おまえは、女の盛り花盛りだ。二十四、五か。昼のように明るい月夜だった。誰もいない舞台で、わしは三線を弾き、おまえは踊った。恋人を思う女の踊り「かしかき」だ。

朝薫、三線を弾き、歌う。舞う、若き日の若子。

「七読と二十読　綛掛けて置きよて

里が蜻蛉羽　御衣よすらね
枠の糸袢に　繰り返し返し
掛きて俤の　まさて立ちゆさ」

朝薫　わしの膝の上で、あの子はすやすやと寝ていた。わしにそっくりな女の子だった。……わしは、通信兵として満州へ配属された。戦況は不利だった。やがて、軍隊は、わしの目の前に、のし紙をつけた一升びんをおいて撤退して行った。わしは、ソ連軍向けに大部隊が残留しているようなニセの通信を打ち続けていた。やがて、ソ連軍が現れた。逃げ惑う開拓団の女や子供達も見た。それだけではない、頼りにしていた軍隊に逃げられて、鎌やオノで自決した人々を見た。夫が妻を殺し、親が子供を殺す、愛する者を殺していく姿だ。死を覚悟しているわしの目の前に、いつもおまえの舞い姿とあの子の寝顔が浮かんだ。

舞い続けている若子。

朝薫　シベリヤでもそうだった。捕虜になって、ツルハシをかついで、暗い壕の中に入っていく。長い時間、石炭を掘っているとすべての感覚が萎えてくる。地上へ上がる時は、真っ暗な坑道の中で、前の奴の腹のバンドをつかむのがやっとだ。それをはなすと死ぬことと同じだった。月が見えてやっと地上にはい出る。寒気が死んだようになった体の感覚を呼び覚ましてくれる。どこかで三線が聞こえる、月に照らされた白樺の林の向こうで、おまえがあの子を抱いて踊っている、わしは走った……なのに、沖縄に帰ってみると、あの子は……

若子　もう何も言わないで。悪いのはわたしですから。

朝薫　なぜ黙っている？　あの子のことについて、わしに一言も……

若子　何を言っても言い訳になるからよ。あなたにも、許して貰おうなんて思わないからよ。

朝薫　あの子はな、おまえ一人の子じゃないんだ、わしの子でもあるんだぞ、梯梧

は

梯梧　梯梧？
朝薫　酒だ酒！
朝薫　座長の亡くなった子供は梯梧というの？
梯梧　ああ、青い空を真赤に染める梯梧の花の梯梧だ。
朝薫　わたし梯梧よ。
梯梧　なにぃ！（梯梧を見て）年が合わぬ……
　　　拾われたの座長に。でも、わたし、ほんとうのお母さんだと思っているわ。
若子　座長だって、わたしをほんとうの娘だと思っているわよね。
朝薫　わたしの娘だよおまえは……
若子　わしの梯梧は……
梯梧　あの戦争で死んだのよ。わたしが殺したのよ。この手で……
　　　ウソよウソ、母さんにそんなことできるはずないわ。

間

青年　（日記を取り出して）、これ、あの夫婦の日記なんです。戦争中のことは、何も書いていません。ただ、最後の頁に「二度と舞台には立つまい、多くの人を死の舞台へ上げてしまったから。それなのに人々は、自分達で新しい死の舞台をつくっている。」と。二人の心がよくわかるのは、あなた方だけですよ。

朝薫、日記を奪って読む。
若子ものぞき込む。

青年　この色とりどりのサンゴの花畑が、灰色のコンクリートに打ち固められるのを、あの夫婦は見たくなかったんです。サンゴの花畑との心中なんですよ。さぁ、アンガマ祭の打ち合わせをはじめましょう。

3　祭り

旧暦七月十三日、精霊迎えの日
太鼓の音。

青年　祭の始まり！

闇の中に、翁と媼の面が浮かぶ。
手を前に伸ばして、腰をかがめている。

媼　爺さんや、手を
翁　婆さんや、手を

二人、手を取り合って前へ進む。

媼　こわいのう、現世へ出るのが……

翁　こわいのう、現世へ出るのが……

媼　こわいのよ、生きている人間に会うのは。自分が生きたいために他人をペロッと食ってしまうんだもの。

翁　食われるのはいやだ、わしは帰る（引っ込もうとする）

媼　逃げることはない、今日はお盆、わしら死者が主人公。

翁　そうだったな、そうだったな、今日はお盆だ。わしらは客人なのだ。

媼　アンガマ祭だ、ウードゥイ、ウードゥイ、ここに集まっておるのは、わしらが子孫、村の子孫。

翁　中流太りに中流ボケの子供たち。

媼　その子たちが、わしらの説教を聞きたいと言っておる、はじめなされ、爺さん、ありがたいありがたい説教を。いつもなら、客席から直接質問を受けるのだが、今日は趣向を変えて、事前に「死の世界」について知りたいことをアンケート調査しました。その調査結果にもとづいてお話します。ではどうぞ。

翁　エッヘン、まず、死の世界の三原則についての質問。

梯梧が「死の世界の三原則」と書いた紙を客席に見せる。

媼　してそれは？
翁　死者の世界の三ず、
媼　三ず？
翁　ああ、まず、三途の川を渡ったら、絶対に呼吸をせず、
媼　絶対に呼吸をせず、これが第一のずなり、して第二のずは？
翁　第二は、着物を着るべからず。
媼　着物を着るべからずとは、シンボリックな言い回し。裸で来いと言うこと。
　　虚飾を廃し、財産を持たず、ありのままの人間として、来なさいということ。
　　そして、第三は……
翁　第三は、え、え……（思いつかず）
媼　現世に未練を持たず……

翁　そうそう、未練がましいのはいけませんな。

媼　女子に未練など持たず、男に未練など持たず、持たせず、きれいさっぱりと一人で来ること。

翁　やっぱりわしは女子と一緒の方が……

媼　女々しい男。第三のずは、親と子、男と女の心中を許さず、心中を……

翁　心中を……（二人顔を見合わせる）

太鼓の音。

朝薫と若子、アンガマの面をとる。

海の中の二人。

朝薫　ぶくぶくぶくと泡をたて、風をたてて満ちてくる潮の音は、海の鼓動、地球の息吹き。

若子　海は生き物。青い大きな口であの白い入道雲を食い、ギラギラ輝く太陽の光を胸深く吸って、お腹の子供達を育てる海。潮が回る、ぶくぶくと音を

たてて潮が回ってくる、魚も回ってくる、ほら魚も回ってくる……さあ、おいで、おいで。（網を広げる）

朝薫　バチャバチャバチャ、バチャバチャバチャ、バチャバチャバチャ……

朝薫、ゆっくりと泳ぎながら魚を追い込む。
若子、網をあげる。顔を見合わせる二人。
網の中から魚を取り出す二人。

朝薫　（トバラーマ）
海ぬ美《ちゅ》らさや
情《なさき》ぬ美《ちゅ》らさよ
風《かじ》ちりて巡《みぐ》る
海ぬ心《くくる》よ

若子　光織る風機《ばた》ぬ
　　　情ぬ深さよ
　　　花染手巾《はなずみてぃさじ》や
　　　サンゴの思いど

泣き出す若子。

朝薫　泣くな。ほらほら、魚も逃げて行く。ここはわしらの海。わしらの命。誰にも渡さん。
若子　いいえ、ここは島人の海。私たち二人だけの海じゃないわ。
朝薫　あいつらにこの海がわかるか。このサンゴ礁の浅海に、干潮の時に潮だまりがいくつできるか、紫色のエダサンゴの林にスズメのように群がる黒と白の縞模様の小さな魚、リュウキュウスズメ。あれはどこにいるか、コバルト色のルリスズメはどこを泳いでいるか、黄色に黒や白の斑点が蝶のように美しいチョウチョウウオはどこで見れるか、あいつらにわかるまい。黒真珠をつ

若子　くるクロチョウガイだってどこから、深い海にまで広がっているのか、知らないだろう。この海の中で真水が沸いているところだって知るまい、エビや貝やタコが、どこでよくとれるかだって、知らんのだよやつらは。

わたしたち、この海のことは、よくわかっているわ。満ち潮が胸の高鳴りとなる春の海、青い口を大きくあけ、白い雲を一日中食み続け、やがて、風とうねりとなる夏の海、大きな真赤な太陽をのみこんで自らも血のように赤く染まる秋の海、暗い顔をしながら白い波の花を咲かせる冬の海、どの顔もわたしは好きよ。なのにあの人たちは……

朝薫　あいつらが何を言おうと、ここはわしらの海だ。

若子　わかっているのよわたしには。あの人達が言い出したらどんなことになるか。

朝薫　わしらには、何もできんと言うのか。

若子　何が出来るの、何も出来なかったじゃないの、あなたにも、わたしにも。

太鼓の音、まるで戸をたたくように。

朝薫　オレは行ったぞ、四十年ぶりにやつらの家々へ。（前に進み、戸をたたく、酔っている）おい、オレだ、あけてくれ、話があるんだ話が、大事な話がよ……（あきらめて、よろよろ動く、戸をたたく）すみません、あけてくれませんか、あけて……ちょっとでいいんです。オレの話を聞いてほしいんです。すぐ帰りますから、ちょっと……（どなる）ちょっとでいいんだよ、この馬鹿野郎！（向きをかえ、よろよろと歩く）おまえらな、オレと話が出来ねえと言うのか、オレは村の人間じゃねえと言うのか、あけろ、あけろ（戸をどんどんたたく）あけろ！

座り込む朝薫。

若子　明け方、あなたは帰ってきた。なんにも言わずに、酒に手を出した。追っかけるように、パトカーの音がして、あなたを無理矢理、車に押し込んで連れていった。わたしは一軒一軒訪ね歩いた。（立ち上がる）……すみません、ちょっとあけてください、ほんのちょっとでいいんです。お話がしたいんです。聞いてほしいんです、あの人のことじゃありません、何か恵んで下さいとか、助けて下さいということでもありません。海の話がしたいだけです。魚湧く海、サンゴのお花畑、星砂の浜、私達の命なんです。いいえ、魚もサンゴも、海も星砂の浜も、みんなみんな生き物なんです。だから、私たち夫婦には、耐えられないんです。この美《ちゅ》ら海がコンクリートになるなんて……（とぼとぼと歩く、向きをかえて）あの、逃げないで私の話を聞いて下さい。どうか私の話を……

朝薫　あのことを言い出すつもりはありません。戦争中のことは……

若子　あの時のうらみつらみを言ったのか。

朝薫　（首をふる）

（若子を抱いて）不自由な足で……あいつらには、おまえのつらさもオレの苦しさも分るまい。おまえからあいつらに頭を下げることなんかないんだよ。あいつらが、雁首揃えて、オレたちに頭を下げに来るのを、オレたちは四十年も持ってやったんだ。四十年だぞ。オレたちは触れてはならない病人のように扱われて来た。それでもここにじっと居坐って来たのは、村人にあの時のことを忘れさせないためだ。そして、何にも言わずに二人を包んでくれたこの海があったからだ。

若子　警察は？

朝薫　決定事項だと言った。

若子　決定事項？

朝薫　そう、村の決定事項だそうだ。海を埋め立て、飛行場をつくり戦闘機を飛ばすことはな。だから、海の話はするなって。

若子　どうして警察がそんなことを？

朝薫　オレが酒をくらって、村人を脅迫しているのはけしからんと言う訳さ。相変らず汚い奴らだ。出て来て堂々とオレと話をしないで、警察へ通報しやがる。

若子　海を売るなんて、私たちには一言の相談もなかったわ。

朝薫　そう言ってやったさオレも。そしたらこうだ。村の寄り合いで全会一致で決まったことだ。寄合に出ないのは貴様が悪い。それに議会でも決定されたことだ、今さら、貴様一人が反対のために酒を飲んで村人を回るのは脅迫にあたる、民主主義に反する。決定事項には黙って従え。

若子　決定事項には黙って従え。あの時もそうだったわ。

　二人立ち上がる。

　軽快な百姓の踊りマミドーマを、面をつけた梯梧、青年を加えて四人で踊る。

　踊り終わり、喜び合う四人。


村人男（青年）上等上等。いやあ、さすがですな、本職は。

村人女（梯梧）村の衆もあんなに喜んでますよ。久しぶりですからね、芸能は……（若子に）この村の衆は、芸能好きでね、三線の音がすると、もう体が震えてたまらないと言う人ばかりですよ。

若子　村祭は専門の役者が出る所じゃないと、あの人は断ってたんですが、（横を向いて酒を黙々と飲んでいる朝薫）酒が出ると聞いて（笑う）……こんなに皆さんに喜んでもらえてあの人も……

村人女（梯梧）唐芋でもどうぞ。戦争で目ぼしい芋は軍人さんのために調達されるでしょう。こんな小指ほどの物しか残らなくて……

若子　とんでもない、芋にありつけるだけでも………（芋をむいて、朝薫に渡す）

朝薫、芋を口に入れる、のどにつかえ、セキこむ。いそいで、水を渡す若子。肩をさすってやる。

朝薫　たまにはいいもんですな、素人と一緒に踊るのも。それにふるさとはいい。みんな子供の時と同じだ、君、（村人男をつかまえて）おぼえているか、ちょうど今頃、若夏、土がほどよく潤ううりずんの季節だ。ここら辺を走り回ったな一緒に。素裸になったわし達子供の一群が雨の中を風のように走る。天然のシャワーの中を、水煙をあげ歓声をあげながら走る。いやぁ、快感。例えようもない快感だった。思い出すよ今でも、君やわしのおふくろの顔をな。笑っていいのか、怒っていいのか困ってこんな顔をしておった（表情をつくる）

若子　あなた！（笑う）

朝薫　（村人男に）どうだ、子供の頃を思い出し、久しぶりに走ってみるか素裸で。

若子　あなた！（村人男や村人女に）すみません、この人、無口な人なんですが、舞台の上と、酒が入ると、人が変わって冗舌になるんです。

遠くで爆音

朝薫　いいじゃないか、そんなことでもしないと気が滅入ってしまいます。昨年の十月から六ケ月近く、この島は敵に包囲されたままだ。最近では海に魚とりにも行けん。敵の上陸も間近い、どうせ鬼畜米英に上陸されたら、男も女も素裸にされて、男はキンタマをチョンギラレ、女はもてあそばれるだけさ。今のうちに裸になれておくのも面白い。
若子　なんて言うことを。
朝薫　あんたもどうかな、素裸になってここを……
村人女（梯梧）非国民ですあなたは。さあ立ちなさい。
朝薫　……

よろよろと立ち上がる朝薫。

村人女（梯梧）日本は神の国です。天皇をいただくわが国が、どうして鬼畜米英などに負けるのです。（ハチマキをし、竹槍をもって）一、二、三、一、二、三（と腕ならしをして、別の竹槍を朝薫に投げる）さあ、かかっていらっしゃい、国防婦人会の強さをみせてあげます。さぁ（気合いを入れる）

ころんでしまう朝薫の胸元へ竹槍をつきつける。

村人女（梯梧）婦人を侮辱しないで下さい。私達も、男達に負けずに敵と闘う決意です。敵にはずかしめをうける前に敵の胸倉にこの槍をエイッー（気合いを入れる）

整列！

村人男（青年）、若子、並ぶ。村人女（梯梧）、朝薫の尻を蹴る。

若子、朝薫を立たせる。

村人女（梯梧） 番号！
村人男（青年） 一、
若子 二、
朝薫 ……三、
村人女（梯梧） やり直し、番号！
村人男（青年） 一
若子 二、
朝薫 三、
村人女（梯梧） 竹槍用意！
村人男（青年） 竹槍用意！
若子 竹槍用意！
朝薫 竹槍用意！
村人女（梯梧） 一、二、エイッ、

村人男（青年）、若子、朝薫の三人、村人女の号令に従い、竹槍を握って前へ進む。
「エイッー」「エイッー」という声。
しばらくして、座り込む朝薫。支える若子。
村人男と、村人女は消えている。

朝薫　（おおげさに）イテェ、イテェ……腕だよ腕……

若子、朝薫に水を渡し、腕をもむ。

朝薫　肩、肩、イテテ、イテェ……足、足……あの女、色気もねえ、高慢ちきな女、
　亭主の顔をみたいね。
若子　あなたが悪いのよ、身から出たさびよ。
朝薫　何が竹槍訓練だ、立ち回りは舞台だけでいい。あんなので敵を殺せると本気

で思っているのかね。女はつつましく、可愛いのが一番だ。（抱き寄せる）あの女にも、今度会ったら、女の美しさは、男がつくるってことを教えてやるよ。

若子　エイッ（気合いを入れて、朝薫ののどもとへ竹槍を突き出す感じ）

朝薫　グッ……

若子　そんなことをしたら、私が許しませんからね。お腹の赤ちゃんだって怒りますよ。

朝薫　何？

若子　赤ちゃん。

朝薫　（抱き寄せて）そうか、赤ん坊が出来たのか、でかしたぞ。三線だ。

（トバラーマ）

朝薫　海ぬ美《ちゅ》らさや
情ぬ美らさよ
風ちりて巡る

海の心よ

若子　光織る風機《ばた》ぬ
情の深さよ
花染手巾《はなずみてぃさじ》や
サンゴの思いど

爆発音。
上陸する戦車の音。
闇の中。

朝薫　敵の上陸だ。村人は、闇の中に、体を寄せ合い、息をひそめた。戦車の音が、段々近づいてくる。誰か、裏の友軍に連絡をとらなければ、誰が行く、誰が？

村人男（青年）君だ。敵が西の浜から上陸し、村に近づいている。戦車の数、進行方

　　　　向をしっかりと報告するのだ。
村人女（梯梧）上陸用舟艇四台、戦車の数一、二、三、四、……十四、米軍の数、約
　　　　百人……さあ、いそいで……
朝薫　　オレが行かなければならないのか、
村人男（青年）他の人間は、すでに配置が決まっている。
若子　　無茶だわ。友軍の陣地へ行くには、あの戦車の中を突破しなければならない
　　　　わ。うちの人を死なせるようなものよ。
村人男（青年）自分の指示に従って下さい。意見は無用だ。
村人女（梯梧）友軍は、三日前から、指揮本部を平地から、洞窟に変更しています。
　　　　捜して行くのです。
朝薫　　そんな……
村人男（青年）行け、早く行け。
村人女（梯梧）行く、早く行け。
若子　　あなた！
朝薫　　赤ん坊もたのんだぞ。

村人男（青年）命令だ。行け。

村人女（梯梧）命令だ。行け。（同時に）

出発する朝薫。

若子　あなた！

爆発音。


村人女（梯梧）キヨッケ！　友軍が後方から奇襲作戦に出ます。それまで、時間をかせぐのです。竹槍用意！

若子　竹槍用意！

村人男（青年）竹槍用意！

村人女（梯梧）一、二、エイッ！

若子　一、二、エイッ！

村人男（青年）一、二、エイッ！
村人女（梯梧）もっと気合いを入れて、一、二、エイッ！
村人男（青年）一、二、エイッ！
若子　一、二、エイッ！

戦車の音大きく。

村人女（梯梧）キャッー（腰をぬかし、座り込む）
村人男（青年も、おびえて、声が出ない。）
若子　ウートゥトゥ、ウートゥトゥ、助きてくみそうり、ウートゥトゥ。

村人男と村人女は、若子の後ろに隠れる。

若子　友軍の奇襲作戦は、何時まで待っても展開されない。夜は白々と明け、私たちの姿が、敵の前に晒される。私の心臓は、戦車のキャタピラに踏みしだかれていくように、苦しくなる。

村人男（青年）あれしかないな、こうなると……

若子　あれ？

村人女（梯梧）そう、あれ……

若子　死ぬのはイヤ！　イヤよ。

村人女（梯梧）辱めを受けるよりは死を選ぶべきです。それが日本婦人としてのとるべき道です。

村人男（青年）君は正しい。しかし、ぼくの手は、震えるばかりで……

村人女（梯梧）村人への愛、国家への忠誠心が足りないからです。このような非国民、臆病な指導者を持ったことを恥入ります。この人たちだって、一緒に死ねるのは幸せなんですよ。

村人男（青年）さぁ、これを君にあずけるよ。（手榴弾を渡す）

村人女（梯梧）手榴弾！　（震えがくる）私たちは皇国の民として、天皇陛下の赤子として……

若子　イヤです。あの人と別れ別れで死ぬのは……
村人女（梯梧）天皇陛下の赤子として、立派に死ねることを（手榴弾を高くかざすが、
　突然、若子にもたれるように倒れ、大声で泣き出す）

　機関銃の音。


村人女（梯梧）すぐそこまで来てるわ、見付かるのは時間の問題よ。

　投降呼びかけの声──

　デテキテクダサイ、デテキテクダサイ、ワタクシタチワ、キガイヲクワエマセン、アンシンシテ、デテキテクダサイ、ミズモ、ショクリョウモ、タクサンアリマス、キガイヲクワエマセンーー
若子　危害を加えない、嘘よ。

村人女（梯梧）どうします。

村人男（青年）どうしよう。
村人女（梯梧）危害を加えないと言ってるわ。
村人男（青年）水も食糧も……お腹がグウグウ鳴りやがる、コン畜生。
村人女（梯梧）ね、あの声、どこかで聞いた声だと思わない。そう、隣り村の学校の
　先生の声よ。
村人男（青年）イヤ、あれは郵便局長の声だ。まちがいないよ。
村人女（梯梧）みんな投降しているのよ。どうします。
村人男（青年）どうしましょう。
若子　わたしはイヤよ。あの人が帰ってくるまでここで待っているわ。
村人男（青年）皆さん、待って下さい。相談があります。
村人女（梯梧）実は、ヒソヒソヒソ……
村人男（青年）ヒソヒソヒソ……

横を向いている若子。

村人男（青年）決定です。

上着を棒にくくりつけた「白旗」をつくる村人女。
一、二回振ってみて、若子の前につき出す。

村人女（梯梧）あなたが先頭です。
若子　…………
村人女（梯梧）決定です。あなたも晴れて村の員数に入ったのですよ。
若子　イヤ、イヤ……
村人男（青年）決定だ、黙って従えばいい。
村人女（梯梧）黙って従えばいい。

旗を持たされ、立たされる若子。
その後ろに、村人が続く。
ビューと弾が飛んで来る。

座り込む若子。

立ち上がり進む若子。

弾の音が続き、爆発音となる。

海鳴り。

海の中の二人。

朝薫　ぶくぶくぶくと泡をたて、風を立てて満ちてくる潮の音……

若子　潮が回る、ぶくぶくぶくと音をたてて潮が回る……

朝薫　しっかりと結んだか帯は？

若子　ハイ、あなたとわたしを、いつまでも一つにする、この赤い帯。

朝薫　おまえが夜も眠らずに織り続けた帯。

若子　海のサンゴと、陸の梯梧の花で染め上げた赤い帯。流れる、流れる……あなたの手を……

朝薫　おまえ、手を。

二人、手をつなぐ。

若子　これでいいのかしら？

朝薫　何が……

若子　私たちが死んで、いいのかしら？　なにもかも、うまくいくのかしら？

朝薫　……

若子　見て、チョウチョウウオよ、ヒラヒラと舞って、黄色に黒や白の斑点がきれい、ワァー、コバルト色のルリスズメの群が、私達に向かってくるわ……いやよ、この海がコンクリートになって、戦闘機が飛び立つなんて！

赤い帯をはずして、投げる。宙にヒラヒラと舞う赤い帯。

朝薫と若子、アンガマの面をかぶって立っている。

「無蔵念仏節」が聞こえて来る。

4　祭の後で

朝焼けの海。
海辺。
四人が立っている。

朝薫　（トバラーマ）
海ぬ美らさや
情ぬ美らさよ
風ちりて巡る
海の心よ

若子　光織る風機ぬ
　　　情の深さよ
　　　花染手巾や
　　　サンゴの思いど

海に向かって手を合わせる四人。

若子　あれでよかったのかしら、心中物にならなかったけど……
朝薫　死んだらおしまいだ、あの人達の分も長生きしたいね。こんな世の中でも。
若子　そうね、年をとって、いろんな経験をして、何か、これからいい芝居ができそうな気がするわ、真《まこと》の花を咲かせるのはこれからですよ。
朝薫　わしは、酒……
青年　ハイ。（酒とっくりを渡そうとする）
朝薫　酒をやめるよ、酒にたよらずにどこまで芝居がやれるか、わしの舞台が死の舞台にならないようにな。一人で頑張ってみる。

若子　青年団長、アンガマの面を返すわ。あなたはなかなかの演出家よ。わたし達の一座に入りなさいな。梯梧と絡ませて一座の看板にするわよ。
朝薫　それがいい、わしに似てなかなかの男前だ、きっと歴史に残る名優になる、わしのようにな、ま、わしは酒飲みだけで知られておるがな。
若子　祭とはいえ、島の人を怒らすような芝居をやらせたんだから、島にいるのは危険よ。
青年　それが……
若子　梯梧、お前からもすすめたら。
梯梧　（笑って）座長、母さんをよろしくね。
朝薫　わしに……
若子　どう言うことそれ。
梯梧　この人、一人にしておけないでしょう、危なくて。だから、私も、この島に残ることにしたの。
若子　梯梧！
青年　すみません。

梯梧　だってさぁ。この人、好きになっちゃったんだもん。
朝薫　それはいい、若い女は若い男が似合う、好いた者同士が一緒に暮すのが一番だ。
若子　お黙り。あなたには関係ないことだから。
朝薫　なあに！
梯梧　仲良くしてよ二人とも。ね、お願い、二人で芝居を続けて、きっと昨日のようないいお芝居ができるわ。（二人の手をにぎらせる）
青年　ぼくは、あの芝居で島に残る決心がつきました。なんと言っても、ここはぼくの故里です。この風の香り、キラキラ輝く星砂。魚湧く海、赤や黄のサンゴの花畑、花畑に群るチョウチョウウオ。みんな、みんなぼくの故里、誰にもまかせられないぼくの故里なんです。ここを死の舞台にしないために……

梯梧が歌う。

M　空の形見の

271　真の花や

星砂は
海の思いに
心を染めて
今日もうたうよ
島人のうた

戦闘機の音
暗くなる舞台

思いつくままに

芝居を書き始めたのは、いつのことだろう。

確か、中学生の頃か。そして、コザ高校に進学し、放送劇を書き、文芸部の機関誌に発表したりした。東京の中野にあったテレビドラマ研究所でテレビの草創期にスタジオドラマの演出家やシナリオライターの講義をうけた。そのころは、映画は書き言葉で、テレビドラマは話言葉であるなど、テレビドラマは如何にあるべきか、など真剣に議論されていた。

作品創作の宿題を抱えて、沖縄に戻り、琉球放送で仕事を始めた。沖縄芝居を芝居小屋で見て、それをスタジオ用にアレンジする番組のアシスタントディレクターを勤めた。當間淳さんという課長兼ディレクターがいて、どんな泥臭い芝居でも上品に詩的に仕上げることに感嘆した。

当時のスタジオカメラは、かなりの制約があった。今のように屋外用はないので、野外シーンは、フィルムだった。川の流れや田舎の風景などのインサート部分はアシスタントの僕の仕事で、報道カメラマンにお願いして撮影した。

そんな中で、演劇集団創造で、戯曲を書き始めた。沖縄の自由民権運動を描いた「朝未来《あさまだき》」である。演出の幸喜良秀さんと話し合いながら進めていたところ、幸喜さんが突然家庭の都合で演劇活動を休止せざるをえなくなり、僕は僕で、組合活動のためか宮古島へ転勤となった。そこで見たものは、製糖工場の合併に反対し立ち上がった島ぐるみの闘いだった。合併を決議する株主総会の会場を取り巻く農民、市民たち。僕は重い携帯用の録音機を担いで中に入り、録音した。沖縄本島から銃を持った機動隊が派遣されてきた。発送する便もないので、そのテープを沖縄に戻る機動隊員に託した。本社と連絡をとって。

だが、テープは届かなかった。そして、2年半僕は宮古島の先島中継局で、取材兼アナウンサーとして、ニュース原稿を読み、地域の子供たちの作文を紹介したり、放送劇をつくったりした。

「朝敏と祭温」「颱風夕焼」は宮城信治演出で上演。

今、思えばあの時が、僕の勉強の時だったかもしれない。それから、沖縄の公共放送ＯＨＫに移り、復帰後、ＮＨＫへ移行し、東京転勤となった。その年、東京芸術座にいた若い人たちが青芸という劇団を発足させ、発表の場としてパモス青芸館を池袋の駅近くに開館した。

責任者の下山久さんから、オープンにあたって、沖縄シリーズをやりたいとの相談を受け、北島角子さんを呼んでくれたら、一人の芝居を書きましょうと。それが「島《しま》口説《くどうち》」（山岸秀太郎演出）である。一人語りではなく、一人芝居という新しい領域への劇的挑戦である。前半が一晩、後半も一晩で書き上げた。執筆は、ほとんど夜で、家族が寝たあとの一人の時間だ。声を出してセリフを書く習性の僕の声が、いつのまにか、北島さんの声になっているのに驚いた。

岸田戯曲賞の候補作にもなった。当時、僕は頸肩腕症候群を患っていて、思うように字が書けず、清書してくれたのは、妻洲子である。そして、「命口説《ぬちくどうち》」（八木政男さん出演）、「美《ちゅ》ら島《しま》」（平良とみさん主演）と続いた。「島口説」を見たＮＨＫの多田和弘ディレクターから未発表の作品を見せてくれというので、書きかけの「命口説」をみせたら、ラジオドラマになり、同時期に芝居としても上演（山岸秀太郎演出）された。

その後、ベトナム戦争と沖縄の戦争を重ねた戦場カメラマンの物語「ファインダーの中の戦場」（多田演出）をラジオドラマとして放送した。

劇団文化座で「海の一座」（佐々木愛主演）「ハブの子タラー」「花売り」（鈴木光枝主演）を上演、「真《まこと》の花《はな》や」は主演の鈴木光枝さんが公演直前に、急病のため、上演されず残念だった。

劇団東演では、松川暢生さん演出で「朝未来」「アンマーたちのカチャーシー」「風のユンタ」「アンマーたちのロックンロール」を上演した。俳優座劇場での3作品連続上演は忘れられない。松川さんとの出会いも「島口説」だった。

「劇団銅鑼」では、松川さんの演出で辺野古を舞台にした「風の一座」を上演した。NHKプロモーション企画で「東京未来派宣言」もある。児童劇団「風の子」のための台本もある。

高安六郎さんの一人芝居「清《ちゅ》ら肝《ぢむ》」の台本も。

また、泉惠得さん主宰のオペラの台本「阿麻和利《あまわり》」（作曲新垣壬敏）「平安座《へんざ》ハッタラー」（作曲玉栄政昭）、奈良在住の作曲家尾上和彦さんの「ヤカモチ」「出雲の阿国」の台本もある。「阿麻和利」（演出松川暢生）は勝連城址で、「ヤカモチ」は東大寺南大門で初演された。

そのほとんどが、ＮＨＫで世論調査の仕事をしながら、創作したものである。

装丁は琉球放送時代からお世話になっている岸本一夫さんにお願いした。

下山久プロデューサーの企画で、「島口説」「美ら島」の再演が進められている。有難いことだ。戯曲は舞台化されていのちを輝かせるからだ。感謝。

さらに嬉しいのは、ゆい出版の松田さんのご厚意で「戯曲集」が出せることだ。中学時代に芝居を書く喜びを教えてくれたのが、松田さんのお父様州弘先生だったからである。不思議なご縁である。

２０１９年７月

謝名元　慶福

著者　謝名元慶福（じゃなもと　けいふく）

劇作家、映像作家。
1942年（昭和17年）1月生、沖縄県出身。コザ高校卒業後、東京のテレビドラマ研究所で学ぶ。琉球放送、沖縄放送協会を経てＮＨＫに勤務、ＮＨＫ放送文化研究所主任研究員で退職。この間、ＮＨＫ‐ＦＭで芸術祭参加作品のラジオドラマなどを執筆。岸田戯曲賞候補作・一人芝居「島口説」（北島角子主演・文化庁芸術祭賞優秀賞）は大きな反響を呼び、全国各地で公演された。パモス青芸館企画で「島口説」「命口説」「美ら島」、文化座で「海の一座」「花売り」「ハブの子タラー」、劇団東演で「朝未来」「アンマー達のカチャーシー」「風のユンタ」「アンマー達のロックンロール」、劇団銅鑼で「風の一座」、東京演劇アンサンブルでブレヒトの「日本版肝っ玉お母」の台本、ＮＨＫプロモーション企画「東京未来派宣言」など20本余の舞台作品、［阿麻和利］「平安座ハッタラー」「ヤカモチ」「出雲の阿国」などのオペラの台本、映画やアニメのシナリオ、ドキュメンタリー映画の台本・監督作品多数。「やーさん　ひーさん　しからーさん　沖縄疎開学童の証言」（シネマ沖縄製作）、「芭蕉布－平良敏子の手わざ」（シネマ沖縄製作）は、日本文化映画製作者連盟のコンクールでグランプリを受賞した。同じ監督作品の２度の受賞は初めて。2016年11月ドキュメンタリー映画「いのちの森高江」（64分）、2017年９月「いのちの海辺野古大浦湾」を監督・製作。いずれも好評で全国各地で草の根の運動による上映会が開かれ、大きな反響を呼ぶ。

現住所　沖縄県中頭郡西原町幸地974-17
連絡先　携帯　080-3225-1854
Ｅメール　rtxrr050@yahoo.co.jp

謝名元慶福戯曲集　島口説

2019年8月13日　発行

著　者　謝名元慶福
発　行　松田米雄
発行所　ゆい出版
〒904-2245
沖縄県うるま市字赤道713の2
電話　098(973)3992
e-mail:yui-matsuda@pop16.odn.ne.jp
印刷所　株式会社平河工業社

ISBN978-4-946539-37-4
定価はカバーに表示
落丁・乱丁本はお取り替え致します。